| Ann's Dwarves | Height 7cm | 7 people |

安娜的精灵

卡莉娜·斯蒂芬诺娃　　　　　著
Kalina Stefanova

陈　静　　　　　　　　　　译
小　蕚　　　　　　　　　　绘

作家出版社

目 录
Contents

Ann's
Dwarves

自序：像是一个叫醒电话

亲爱的读者，

    我将上述"警告"既作为一个写作保证，也作为此篇序的副标题。而且，这句话和我要在这里给大家介绍的这本书紧密相关。本书拥有自己的生命、自己的命运，而我也不打算干扰到你们和它的关系。

    我现在感兴趣的是利用这样一个与你们相遇的机会，开启一个更具普遍意义的话题。即：生活在21世纪的我们，还需要童话吗？

    当我想到这个问题时，脑海里源源不断浮现出难过、痛苦和怀疑论者的面孔。这里有一个很合理的解释：

    至少到目前为止，这个新的世纪看起来、感觉起来很不像一个童话时代。如果它依然是童话，那么这世界仿佛已触到了一个邪恶仙女的魔法棒。战争、各种武器和暴力泛滥，成千上万的儿童死于营养不良，无数人缺乏生活饮用水，对所有生物而言，一场生态环境的灾难已经势不可挡了。

如果这一切真的有一个邪恶仙女可以谴责的话，对我们而言岂不是一个巨大的安慰？！只有她的那根魔杖，准确地说是那些魔杖，揭示了被命名为贪婪、无知和权利交易的人类本性。

我可能像一个幼稚的、不可救药的梦想家，但我相信，正是因为这并不那么令人乐观的境况，才使我们更加迫切地需要童话故事。

这并不是要将我们的注意力抽离对实际问题的关注，也不是在为暴力扩散做出贡献。当然不是！正在这样做的东西已有很多。情况更糟的是：它们已经变成非常时髦的东西。不仅大量充斥在电视里，尤为可惜的是，艺术作品里也到处呈现，当然都以利益为旨归。但你有没有注意到，尽管坚持正义最终会战胜邪恶，这些所谓的童话故事往往相当关注在这一进程中的暴力行为；难道它们在为用暴力行为唤起的恐惧和仇恨感情而陶醉吗？甚至在最伟大童话作家安徒生的诞辰纪念活动上，依然有这么一种倾向，旨在寻找他生活和作品的阴暗面。

我真的很难理解，对阴暗面、对我们自身的"魔性"、对整体的不和谐因素的沉迷会如此流行。也许人性中光明的一面、我们自身和整个世界和谐的一面，正如媒体收到好消息那样：好消息就是没有消息？！又简单又枯燥？

对不起，我无法苟同。我不认为人类的本性是邪恶的，而且我也不认为那些不和谐的东西比起和谐和美更有价值、更值得探索。这是一个既简单又容易下定的决心。

这正如爱情一般：要说清你为什么不爱一个人很容易，而要说清你为什么爱一个人，却困难得多，几乎是不可能的。因此，探索和谐与爱的奇迹，探寻它们的发生和运转，这既是一个令人无比兴奋的尝试，实际上也是一段冒险的旅程。

因此，当我说今天我们仍需要童话时，我所指的是这样的童话故事：它们是这个时代所有暴力中的那片绿洲，既是真实的又是虚构的。"绿洲"一说并不是逃避现实的含蓄的表达，它更像是母亲的拥抱，那里所带来的温暖和爱不加矫饰地浸润着我们，从而使我们直观地，不用接受任何说教地珍视和谐、怜悯，从而化作我们生命的长期动力。

童话故事引领读者发现更好的生活。它不仅仅只是一个梦想，也是一种具有哲理的表达方式：童话故事源于生活又高于生活。

我可能又会显得幼稚，但我相信，"更好的生活"可以很容易地变为"此时此地"。只是，我们必须认识到，这很大程度上取决于我们自己及自身的实际行动。

例如，我们通常期待别人能使我们感到高兴和远离孤独，如果我们没能如愿，便开始责怪他们。可是，所有的事情不都是得依赖我们自己去完成吗？我们在接纳他人的时候，是不是已经在灵魂和心灵之处竖起了高墙？尽管我们可能会变得那么脆弱！我们还敢让自己那么自由吗？因为，独一无二的自由，是不戴面具的生活，要有足够的勇气时时刻刻做真实的自己，即使在与他人的相处中也是这样。这种自由，正是人与人之间幸福快乐和真正亲近的基础。

童话故事和我们携手同行，引领我们回到自我的核心。它们呈现给我们那些被遗忘的感受和需要，帮助我们分辨哪些是已经真的遗忘，或只是暂时离弃。如果是后者，它们持续给予我们发现的勇气，以认识我们是否做了什么真的值得去背叛我们的事情。它们指引我们发挥直觉的潜能，告知我们那些终将误导我们的论争。

童话故事像是一个叫醒电话，唤醒我们内心自然的律动，使我们内心安心舒畅，这在行色匆忙的当下显得弥足珍贵。因为，科技是可以竞赛的，但人类生活中的核心问题，却需要"老生常谈"。童话故事强烈抗议肤浅的认识：生活不是一部动作片，我们不应该像在高速公路上驾驶那样，仅仅驶过，除了追求速度别无他趣。充分享受美与和谐是需要时间的。我们可以在快速决策上表现得更加优秀，这一点不坏。然而，在灵敏反应的同时，我们不应该忘记掌握更加困难的事情——深思熟虑。要除去表面看向深层，在我们这个执著于食物外包装而非本质的时代要付出艰苦的努力。童话，作为整个艺术的最佳典范，将竭力帮助我们。

简言之，它们带我们认识人性，帮助我们认识自己，与自己沟通协调，并与自己和平相处。它们邀请我们前往精神之国度，告诉我们生命的真正意义，除开仅仅的生存和物质化的认知。

我为什么告诉这一切给你，亲爱的读者？实际上，我完全赞同斯瓦米·维汉兰达的说法。即：当论及生命的意义时，西方人应该坐在东方人的脚边，仔细聆听。而你正是这个东方人，你正是这方面的专家。

卡莉娜·斯蒂芬诺娃
2012年5月1日

1

Chapter One   初次邂逅

这个小不点儿身高不足三英寸，头上围着一个小方巾，脸蛋红嘟嘟的，睫毛又黑又长。晃眼看去，好像是从哪个童话故事里蹦出来的小矮人。可是，再仔细一瞧，他的身材却十分苗条，脸上不仅没长胡子，看起来还是一个稚气未脱的孩子。更令人吃惊的是，这副长相居然和此时正坐在他对面与他大眼瞪小眼的安娜长得一模一样。

带着同样震惊的表情，小矮人呆呆地杵在安娜鼻子下方的白色桌面上。当他意识到自己并未看错，安娜确实正注视着自己时，他欢欣雀跃地呼喊：

"她终于看到我们啦！"

此刻，安娜简直无法相信自己的耳朵。她喜欢做梦，常常情不自禁地让自己的思绪飘到梦境中那个仿佛比现实本身还要真实的世界。然而……一个真正的小矮人？！

安娜放下手中的笔，伸手去触摸这个小人儿，她的手指……竟没有直接从他的身体里穿过去！她把他放到手心，抬起手来：他的身体像羽毛那样轻，但毫无疑问的是，他是真实的。小矮人高兴地眯起眼睛，像小猫一样卷曲着身子，兴奋地嚷嚷着：

"她看到我们啦！她看到我们啦！"

转眼间，从犄角旮旯钻出来的小矮人立刻证实了他口中的"我们"：有的从抽屉里爬出来，有的从写字台旁的床垫下挤出来，甚至还有一个从写字台后面的窗台上跳了下来。

安娜的脑子里立马闪过一个念头：这是不是格列佛在小人国的遭遇？然后，她意识到，其余的小矮人也长得和她惊人地相似。这一刻，一种奇怪感觉涌上心头，安娜觉得自己好像回到了自己的儿童时代，正站在游乐园的镜子屋里数着自己的影子。数着数着，突然，她吓了一跳。她朝身后看了又看：没有更多的影子了！难道他们正好有七个！？安娜顿时如梦初醒，笑着说：

"好吧，'七'可是一个非常特别的数字哦！"

安娜毕竟不是小孩子了，不会那么轻易地接受眼前所见之事。小矮人可没时间理会她饱含深意的评论。他们这时像一群疯狂的球迷：上蹿下跳地欢呼喊叫着、相互亲吻着，正在庆祝自己支持的球队赢得了大力神杯。

安娜用两只手挨个抚摸他们，小矮人的情绪渐渐平静下来，脸上洋溢着快乐和幸福的表情，嘴里还时不时发出甜蜜的呢喃声，就像安娜的母亲拥抱、爱抚她时那样。

"我们当然是七个！"其中一个小矮人大感意外地问："你希望我们有几个？"

"好吧，好吧！"安娜继续傻笑，"也许我就是白雪公主？！"

"你觉得白雪公主的童话故事里为什么会有七个小矮人（矮人）？"

"为什么？"

"因为每个人都有七个小矮人。"写字台上的小矮人们不约而同齐声回答。

"什么？"安娜没法接受这样的解释，所以，她已经开始怀疑是不是有什么神奇的力量在和她开玩笑。

　　小矮人不停地点头，像是被某个无知的家伙弄得十分苦恼的样子。

　　"好吧，好吧。"安娜装作很严肃的样子说，"我承认我不明白。那么，你们希望我能明白吗？"

　　小矮人们交换着眼色，唧唧喳喳地互相讨论着：

　　"谁来告诉她？"

"你？"

"你更好。"

"不，不，你！"

"我来告诉她。"一个小矮人冲其余人高声喊道，混乱的秩序立即恢复正常。

所有的小矮人围拢在他周围，盘腿坐在安娜面前，然后，就像一个祖父给他的子孙讲故事那样开始……

小矮人的传奇故事

"亲爱的安娜，这并不是发生在哪个遥远的星球，也不是发生在很久很久以前，恰好就是发生在我们生活的这个地球上，从古至今，所有人都有他们自己的小矮人。每个人都拥有七个，而且，这七个小矮人全都和自己长得一模一样，就像在照镜子一样。

但是，很少有人知道这个真相，大多数人总在与时间赛跑，忙于应付各种事情，以至于从未发现自己的小矮人。何况，小矮人本身也小到难以轻易被人察觉：身高还不足三英寸呢！"

"那好，可是孩子们呢？"安娜打断了他的话，"难道他们也看不到自己的小矮人吗？"

"当然，孩子们可和成人完全不一样。孩子们的心灵是自由的，他们不会像成人那样，整天都为金钱和账单忧心，哪有闲暇发觉到身边的小矮人？你知道为什么小孩子会那么无忧无虑吗？因为，他们绝不会有孤单的苦恼，他们非常清楚小矮人会一直陪伴着自己。况且，口是心非和谎言对孩子们来说完全没有意义：虽然你可以用来糊弄成人但却无法逃过小矮人的眼睛。然而，随着孩子逐渐长大成人，虚荣和贪婪会蒙蔽他们的眼睛，让他们再也看不到自己的小矮人，然后渐渐把他们忘掉，好像他们从来没有存在过，或仅仅当做儿童时期的过家家游戏。只有当人们对自己的胡作非为感到非常羞耻的时候，才会隐约记起自己的小矮人。"

"也就是说，你们是人类良知的化身？"安娜再次打断了小矮人的话，用略带讽刺的口吻说，"我很抱歉，但听起来你就像是一个爱说教的老师。"

"天啊，你这个冥顽不化的成人！你已经成一个思维的懒汉了！"小矮人怒不可遏地说，"你们不是一直都在使用这样的字眼吗？当它们听起来不入时的时候，你们就开始取笑使用它们的人。你为什么不动脑筋用新的词语来

定义你身边的事情！而且，实际上，我也没觉得'良知'
这个说法有什么不好的。"

这时，小矮人突然停住嘴，重新让自己的心绪平静下
来，做出一副印度佛教大师般的静默表情，接着说：

"你是否把我们称作'良知'这并不重要。不管怎么
说，这并不是故事的结尾。我们，矮人一族，是你的一部
分，这是毋庸置疑的事实。而且，我们可是你心灵的'镜
子'，比普通镜子真实百倍，因为，你可以通过我们直观
你的内心，而不是你的外在。从你看到我们的那一刻起，
你就开启了自己的发现之旅。此时，你双眼看到的是自己
隐藏在众多面具后的早已被忘却的本来样子。所以，关照
自己的小矮人是每个人改变自身缺点的绝好机会。"

"好吧，假设你所说的这一切都是真的，"安娜若有所
思地说，"那么，属于我们各自的小矮人能互相看见吗？"

"当然！我们可花了很长时间想方设法让你能看到
我们，好阻止你继续干蠢事，成为一个对自己诚实的更加
优秀的人。"小矮人见安娜的抵触情绪有所缓和，一气说
道，"我们经常做你们真心想做但囿于偏见和顾忌而不敢
做的事。比如，当两个人已经坠入爱河，但却迟迟不向对

方表白而玩着互相试探猜测的游戏时，他们的小矮人，已经在热烈地亲吻对方了。"

"太棒了！"安娜惊呼道，"我讨厌人们的虚伪造作……那你们叫什么名字？"她轻松地问。

"我们每个人都叫安娜，因为我们就是你呀。"负责讲解的小矮人笑着说。

两人的笑容消融了双方的隔阂，其余的小矮人也都跟着展露出笑颜。

"当然，如果你愿意，可以给我们取不同的名字。或者，我们可以取些名字用连字符放在'安娜'的后面。"另一个小矮人建议道。

"对！"安娜十分赞同，"我最好给你们取上不同的名字，不然我怎么能把你们区分开呢？"

"哦，请等等，这对你来说可不是什么大难题哦！"其中一个小矮人顽皮地说，他那副神秘兮兮的表情，好像在暗示还会有天大的惊奇之事等着安娜。

安娜可一点也不想发掘出更多让她惊讶的事情了。妈妈明天就要从欧洲过来，安娜得早早地起床去机场接她。于是，她故意用进行宣传促销的口吻道：

　　"我将在明天揭晓各位的名字，就在去机场的路上……你们会跟我一起去吧?"

　　"当然!"小矮人齐声回答,"我们一直和你在一起呀!"

　　"太好了! 那我们明天的火车之行会变得非常有意思。"安娜一边说一边爬上她的床, "晚安了! "毯子里传出安娜微弱的道别声，她梦幻般地闭上眼睛，为这神奇一天拉上帷幕。

3

Chapter Three

小矮人的命名"大作战"

早起，对安娜来说可不是件容易的事情。她喜欢在夜里写作，因此也养成了晚睡晚起的习惯。所以，当闹钟在清晨六点响起时，她迷迷糊糊好长时间才从梦中清醒过来。当然，这还有小矮人们的功劳，他们笑眯眯的清新面孔和爽朗的笑声把她从瞌睡虫毛茸茸的魔掌中拉了出来。

"早上好！早上好！"他们大声喊道，"别赖床啦！快起来！我们要迟到了！"

一小时后，安娜坐在了前往机场的火车上，她的小矮人也齐刷刷地坐在一旁的窗台上，快活地摆动着双腿。

"嗯，我们现在可以开始啰！"她说，"我是说给各位取名字的事。"

“太好了！我们赶快开始吧！”小矮人们热切地响应着，默契地互相使着眼色。

“那么，是你们帮我参谋，还是由我自己决定？”

“你决定！”

“你决定！”

“你决定！”小矮人接二连三地回答。

“好吧。”安娜点头道，“但是，你们可得先告诉我为什么昨天提到这事时一副神秘兮兮的样子？你们该不会以为我已经忘记这一幕了吧！？”

小矮人们像接到了统一指令般，不约而同地耸耸肩，脸上露出十分困惑的表情。

“少来这套，别跟我装无辜了！你们应该有办法让我尽快把你们这七个小家伙区分开来对不对？你们看起来简直就像从一个豆荚里剥出来的七颗豌豆！”

“哦，那可不行，我们可不能告诉你，这世上的人我们谁都不能告诉！”小矮人们异口同声地说，看起来态度很坚决。

“哼！”安娜气愤地说，“好吧，这样可一点都不公平，一个关于你们的话题，你们却不打算说点什么。难道你们不觉得吗？"

"来吧！来吧！"其中一个小矮人狡黠地看了安娜一眼，一副非她莫属的神情，"你自己不是也从没对别人这样做过吗？"

"是这样吗？"安娜小声嘀咕道，并未再说什么，显然，小矮人的话一针见血，她不想继续这个话题，有些没精打采地说：

"好吧，我现在就开始想你们的名字！准备好吧！"

窗台上的小矮人紧张起来，翘首企盼着赶紧听到安娜为自己取的名字。安娜专心致志地凝视着离她最近的小矮人，半眯着眼睛，当她正准备说出想到的第一个名字时，突然，她恍然大悟，赶紧停下嘴。

虽然，这个小矮人与其他小矮人在外表上没有任何区别，但安娜却惊喜地发现了一个细微的差别！安娜再仔细把其余小矮人挨个巡视一圈，然后盯着第一个小矮人。他们的五官长得如出一辙，但这个小矮人的眼睛里却散发着古灵精怪的光亮，嘴角微微向上翘起，俏皮地笑着。他的表情和别人完全不同，这种感觉，和安娜在愚人节那天，或在某个时候故意编造一些故事作弄朋友时的那种顽皮劲

儿多么相似！

　　安娜皱起眉头，认真思考着，又把眼睛转向了这一行的第二个小矮人。她细细打量着他，眉头紧锁。

　　"你猜出来了，对吗？"坐在中间的那个小矮人突然说，把安娜吓了一跳。他应该是昨天安娜最先看到、并为她讲诉小矮人故事的那位。"实际上，我们会和你用同样的方法分辨彼此。我们是你身上的不同面具，代表你性格的不同方面。所以，要想区分开我们，也并不会对你的造成很大的麻烦。"

　　"你一定就是那个喜欢用哲理向他人讲诉生命真谛的我！"安娜打断他，盯着他一丝不苟、雄心勃勃的脸说，"那些我的'手下败将'肯定会把你封做'我的领袖'。我敢肯定你脑子里满是主意，刚刚还在考虑要先为哪个小家伙取名字吧；你讨厌别人提出异议，或者说得好听点，你绝不会拒绝对人发号施令……"

　　安娜哈哈大笑起来，若不是被某个声音阻止，她还会继续滔滔不绝地列举他的特点。

　　"哈！看哪，有人在五十步笑一百步呢！"他有些反感地说，"好了，接着来吧，别说这个了，我还等着揭晓我的名字呢！"

出乎所有人的预料，安娜并未给出一个符合常理的答案，只是轻哼了一个音符：

"DO-O-O。"

"什么？""领袖"小矮人有些不明所以。

"嗯，如果一切如你所说，那你应该是我性格中最强硬的那面。"安娜一本正经地接着说，"请允许我有这点自知之明。所以，你就是我的'DO'，正如音乐中的第一音符，怎么样？"

笑容取代了小矮人最初的惊慌失措，他开心得像一位得了第一名的学生。他幸福满溢地斜靠在窗上，一边观察着其他小矮人的反应，一边得意地用手指在膝盖上欢快地打起节拍。

"DO.DO.DO……"他用不同的音调重复唱着，"DO，你好吗？DO，你昨晚睡得好吗？哦，DO，我爱死你了！DO，你这样做完全正确！DO，你的主意真棒！DO，我太崇拜你了！"

"真是一语中的！"

"太贴切了！"

　　"人如其名！"其余的小矮人笑着偷偷交头接耳道。

　　DO突然停止了他的自言自语，神情肃穆得像是在某个重要仪式上进行庄严的一分钟默哀，然后居高自傲地宣布道：

　　"我一点也不介意被称为DO。相反，我还很喜欢这个名字。只要我一直都是最强大的DO.DO.DO。"他连贯地唱着，继而问安娜："那谁将成为RE呢？"

　　"当然是我！"坐在DO旁边的小矮人迅速跳出来自告奋勇地答道，"我就是RE！"

　　"为什么'当然'是你？"安娜不禁反问，这样的突发状况让她始料未及。她凑近这个自称为RE的小矮人，看着看着，她忍不住大笑起来，自问自答道：

　　"啊，我知道了，是不是因为从来都没有人会对你说'不'呀？"

　　"嗯……"小矮人耸耸肩，用可怜巴巴的眼神望着她，就像小孩子为得到他们应得的东西在向人撒娇。

　　安娜又咯咯笑了起来，其实，早就有朋友不止一次说她央求起来的样子就像个孩子，让人不忍心拒绝。

　　"还敢笑我？好像你不认识我一样！"RE机敏地反

击道。

看来，安娜此时正在进行一场伟大的自我发现游戏。

"好吧，好吧，我投降了。这也是我刚刚提到那个'朋友'——理查德的原因。"理查德是安娜大学时代的艺术指导，他曾为安娜总结过专属于她的成功经验：当她决定要达成什么目标时，她绝不会让自己被对方拒绝。"我明白了，你是那个善于应酬交际的我。或者说，是我的公关！"

"我提议！"坐得离安娜最近的小矮人插嘴说，"现在，显而易见的情况是，我将成为 ME。所以，我提议大家开始玩一个新游戏：就像用动作表演的猜字游戏那样，我们每个人都比画一个动作，你来猜猜谁是谁。我要开始啰！"

"不需要这么做。"安娜反客为主，给他浇了盆冷水，"我已经认出你了。你的眼睛和刚才的提议出卖了你。我敢打赌，你就是昨天说我会很快把你们区分出来的那位，对不对？"

正是这张极具艺术气息的脸孔，让安娜在这个早晨的开始就饱受考验，不过可以确定的是，安娜绝不会再认不出这双闪耀着调皮光彩、极富表现欲的眼睛。

"你是我们当中的艺术家,对吧? 还有,梦想家? 演员?
我一点不怀疑你的表演功底。如果让你去扮演一个你的同
伴,不管我看得多么仔细,我也分辨不出你们谁是谁。"

"可是,怎么办! ? 与生俱来的天赋是很难隐藏的。"ME
低下头,佯装谦虚的样子,好让大家明白他是在自嘲,随

后说：

"嘿，我当然是和各位开玩笑。这可是我的荣誉！"

ME掏出口袋里的笔记本，一副公事公办的样子，一本正经地记录起来，嘴里还不忘把记下的东西小声念叨出来，以便在场的人都能听见：

"是的，我今天都要做些什么？首先，要打电话给某某某，某某某；其次，要去这里和那里；然后，还要发电子邮件给某某某，发传真给某某某和某某某……这样做好极了！一天的行程安排得满满的！这就是我的一天！接下来，我得看看明天该怎么安排呢？"

说到忘情之处，ME干脆站了起来，朝别的小矮人打了个手势，请他们让开道路，然后意气风发地迈开大步来回走着，以此表达自己高涨的工作热情。

"是的，明天我还要做这件事，哦，还有一件事差点忘了，我得……"

他正准备深呼一口气继续唠叨下去，他所扮演的"原型"愤愤不平地说：

"你是在寻我开心吧！事实上，要不是我，大家什么事情都不会做！"

"我可没想拿任何人寻开心。"ME无辜地耸耸肩，转头对安娜说："我只是在玩猜谜游戏。你知道我在扮演谁吗？"

"当然，一个工作狂。"安娜对ME的表演露出不悦的神情，"可是，我并没觉得当一个工作狂有什么不好！"

"你当然不会这么觉得！你什么时候让我们从你永无休止的工作中喘过一口气？"一个无名小矮人低声埋怨道。

　　但是，安娜好像没有听到这个小矮人的埋怨，要不就是她故意没去理会，反而转头怜惜地看着那个辛勤工作的小矮人，倍加温柔地说：

　　"那么，FA就是你的名字了，喜欢吗？"

　　"是的。"小矮人谦虚地答应，仿佛为了掩饰自己的尴尬，他低头在口袋里找起东西来。

　　过了一会儿，他拿出了一根针和一些线。

　　"我想，如果在我们每个人的背心上绣上我们的名字应该是个不坏的主意。"他发现安娜的脸上写满疑惑，又补充道："我的意思，以防万一。这样，你就再也不会把我们弄混了。"

　　"FA，多棒的主意啊！"安娜鼓励道，然后转向剩下的三个小矮人，"现在，该轮到那位没有得到片刻休息的家伙了。"

　　可是，刚刚发表怨言的小矮人并没有听到安娜的召唤。此刻，他正把头转向窗外，痴迷地看着哈得逊河上的乘船。他手里拿着一块巧克力，轻轻把巧克力放进嘴里，幸福地闭上眼睛，享受着巧克力在嘴里慢慢融化的甜美。旁边的小矮人使劲拽着他的袖子，他慢吞吞地转过身子，

发现大家居然全都目不转睛地正注视着他，他费劲地从嘴巴缝里挤出一个声音：

"嗯？"

"安娜跟你说话呢！"ME天真无邪地说。

"我刚才正想认识一下那个被我压迫得没时间休息的小家伙呢。"安娜重复道，周围笑声一片，"我想我已经认出你了。你很想有个游船之旅吧？我也非常想去。另外，如果你还剩下一些巧克力，我可不介意和你一起分享。"

小矮人赶紧在他的口袋里翻找着，不一会儿，他摇了摇头，沮丧地举起双手：

"对不起，看来已经被我吃光了。"

"没关系。"安娜安慰他说，"我们在机场再买一些吧，认出你是那个爱旅行的我比分享巧克力可重要多了。你是不是总是抵抗不了巧克力的诱惑？而且，对你来说，工作并不是最重要的，娱乐消遣才是你的最爱吧？别不好意思承认，我懂，我懂。"

"但是，工作就是更重要。"FA突然打断他们的对话，"否则，我们生存在这世上的意义是什么？娱乐休闲只是对努力工作的奖励。举例来说，我已经帮DO、RE、

ME把字母绣到他们的背心上，接着我还要绣这位SO的，然后是其他人的，是这样吧？而如果一整块巧克力就是我辛苦劳动的报酬，你知道当我吃着这块巧克力的时候心里会有多美吗？如果只是不劳而获地一边凝视着窗外一边朝嘴里塞着巧克力，永远品尝不到这样神奇的味道。"

FA把手伸进那个刚被命名为SO的家伙的背心底下，一针一线地绣了起来。SO朝大伙扮了个鬼脸，看起来，他完全不同意FA的观点。可是，他却一言不发，任FA的巧手在自己的背心上穿梭。两人孰强孰弱，明眼人一看便知。

安娜心领神会地耸耸肩。FA信心十足地认为安娜会站在自己这边，可碰巧SO也是这么想的，所以，SO突然怒气冲冲地退了回去，留下FA手上的针线在空中乱比画着。

这时，一个还未命名的小矮人跑来当起了和事老，他微笑着吟颂道：

"和平友爱！和平友爱！"

安娜好奇地盯这位新登场的"主角"：他的脸上充盈着仁慈与关爱，让她不禁想起自己仁心慧智的祖母。

"真不知道你们什么时候才能恢复理智！？"小矮人心平气和地说，并没有因此提高他的声调，听起来更像是在自

言自语，"你们必须明白，任何事情都有一个限度。"

这席话让紧绷的气氛一下缓和了许多。SO看着背心上还没绣完的字母，一副没事人的口气对FA说：

"你不觉得'O'的这个地方绣得有点歪吗？"一边说着一边用手指着背心上的某个地方。

他的指头上还残留了一些巧克力，一不小心就在背心上留下了一个黏糊糊的褐色小点。

"哦，天哪，是的。"FA专心研究了一会儿，动手拆起线来。他不仅一并刮掉了背心上的小污点，还不忘帮SO把指头上的巧克力舔干净。

这二位的变脸速度快得让安娜难以置信。

"他总是能让他俩迅速和好如初。"RE悄悄告诉吃惊得张大嘴巴的安娜，"他非常懂得协调人际关系，而且也很有同情心，每当我们碰到麻烦时，都能得到他的安慰和鼓励。他总是知道该怎么说会让你心里好过点。"

"那么LA应该是非常适合你的名字。"安娜对这位小矮人外交官说，"我有一种直觉，你与生俱来的爱与和谐就像音符LA一样。你不知道我有多么喜欢你的存在！"

"这完全取决于你。"LA态度十分温和，"我只是你体内的一粒种子，得靠你的努力才会生根发芽。"

"听起来很容易，"安娜无可奈何地叹了口气，"做起来难，事情总不会朝着你希望的方向发展。我一直希望自己能像祖母那样，与周围的一切都能和睦共处。还有我的母亲，想必你应该知道我的朋友们是如何靠在她肩头哭泣，离开的时候，他们的心又会变得像插上了翅膀一样轻盈。上高中的时候，我所有的同学都跑来向她倾诉那些连自己母亲都不曾告诉的心里话。哦，说起来，我简直是迫不及待地想见到她啦！"

安娜看了看表，大呼：

"天哪！火车会在十分钟之内到站！我们只有一点点时间来为剩下的小家伙取名字了。你该不会觉得我们会漏掉你吧？"她回头看着最后一个还没名字的小矮人，他一直在离其他人有点远的地方默默坐着，手里还拿着一支笔不停地在笔记本上写着什么。

当他得知自己并没有被安娜遗忘时，立刻变得神气十足，腼腆地笑了起来。

"你一直在写什么？"

"问题就在于，其实他什么都没写！"RE抢先回答道，一脸不耐烦，"他不停地写啊写，总是想要摆脱我们，因为怕我们打扰到他，让他无法集中精神。"

"嗯，又是一对小冤家！"安娜暗想，赶紧想方化解可能出现的紧张局势：

"那么，你是我们当中的小作家！虽然我能够理解，但可能很多人都无法理解，神来之笔更可能出现在独自一人的时候。我和你有同样的苦恼，但是，如果你愿意，可以告诉我你在写什么吗？"

"也没什么不可以说的。"小矮人觉得知音，兴奋地对安娜说，"我正在记述你昨天看到我们的事情。我还打算鼓励其他人的小矮人也记下他们首次被发现时的情景。将来，等到所有人都能够看到自己的小矮人时，人们应该会饶有兴致地回味和品评吧。"

"多好的点子啊！"安娜激动地说，"这将是一本非常有趣的书，应该还可以作为一个课题来研究！"

"我得提醒你们，我们很快就要下车了。"FA说，语气听起来大公无私，"如果你们不介意的话，我想赶快把针线活做完，留下一点点工作不做完的感觉可真让人难受。我该怎么绣？TI？是吗？"

"这得听他的意见。"安娜举起双手。

"TI - TI。"第七个小矮人立刻接受了这个提议,扯着他的背心给FA,"我非常愿意。"

"那么,该考虑一下我们的受洗仪式了。"DO郑重其事地宣布。

"是的,是的。"FA一边喃喃地说,一边用牙齿咬掉

线头，"干得真棒。"

"好吧，等等，等等，我们马上就能完成！"安娜说。她从包里拿出一瓶矿泉水，倒了些水在瓶盖里，放在窗台上。"现在，请把你们的双手，一个指头也行，放进盖子里。"

小矮人顺从地列队围在"洗礼盆"四周，安娜一边在他们头上庄严地点上"圣水"，一边宣读着他们的名字：

"DO, RE, ME, FA, SO, LA, TI。"

"回家后，我们可以画一个五线谱，发明一个'跳音符'的新游戏，就像玩'跳房子'那样。"ME 悄声对 SO 说。

安娜听到ME的创意，心里早就忍俊不禁，但她假装什么都没有听到，非常认真地宣布：

"现在，你们已经接受了洗礼。记住今天这个日子，从今往后，这天就是你们的诞辰之日。"

"耶！耶！"小矮人欢呼着，高兴得互相打起水仗。

"把瓶盖还给我，我们马上就要下车了。"安娜催促道，"快，赶紧准备好！"

"别为我们操心。"DO说，"只要你准备妥当，我们很快就会准备好。"

安娜采纳了他的建议，她把矿泉水瓶放进包里，起身把羊毛衫的扣子扣上，从上面的行李架上拿下为妈妈准备的鲜花。咦，她突然意识到，她为了赶火车，一路狂奔，根本没注意这些小矮人是怎么跟着她跑来的。

"等等，等等。"她转眼看着窗台，"你们是怎么上车的？"

她话还没说完，窗台上早已不见小矮人的踪影。安娜环顾四周，一个也没看到。

"DO, RE, ME, FA, SO, LA, TI"

　　"你们藏到哪里去啦？"她又四下看看，一点儿头绪也没有。

　　"哦，你可真喜欢打破沙锅问到底！"安娜听到DO的声音在她耳边轻声说，"我们以后再告诉你。时间不多了，对吧？赶紧走吧，妈妈在等你呢！我们会一直和你在一起。不用担心！"

4

Chapter Four　　　　　　一场双重欢迎会

　　当安娜和妈妈在互相拥抱亲吻时，相似的情景也在他们的行李箱旁上演着，虽然尺寸小得多，但人数众多：安娜的七个小矮人正依偎在妈妈的七个小矮人怀里。他们不像安娜和妈妈那样有半年时间没见面了，距离完全不会成为他们相见的障碍。其他人的小矮人也是这样，他们奔跑的速度和人的思绪一样快。因此，只要安娜想念妈妈的时候，安娜的小矮人，哪怕只有一个，都会迅速出现在妈妈的小矮人面前，反之亦然。当然，要是所有的小矮人一直被聚拢在同一个地方，情况就不一样了。过去两天，安娜和小矮人们一直黏在一起，害小矮人都没工夫和妈妈的小矮人见面，所以，他们现在正情难自已地亲吻、爱抚着妈

妈的小矮人。

"哦，你们肯定想不到发生了什么事！"RE在一片喧闹声中大声说。

见其余小矮人没有反应，他提高音量再次说：

"难道你们不想听吗？这条重磅消息就是：安娜看到我们啦！"

还是没人答理他。但是，过了一会儿，妈妈的一个小矮人开口回应道：

"什么，你说什么？真的吗？"

"当然！"RE自豪地说，好像这件事是他的个人壮举。

"天哪，到底发生了什么事？"另一个小矮人抱着SO问。

"我是说，安娜看到我们了！"RE再次庄重宣布道。

"真的吗？"

"终于看见了！"

"所以，这是重磅消息吧！"

"什么时候？"

"是怎么回事？她有什么反应？"妈妈的小矮人像打机关枪一样提了一大堆问题。

"一开始，她可一点也不相信。"DO抢先说，"但当我向她解释一切后，我想她应该完全明白了：摆在眼前的就是事实。她现在激动死了。"

"而且，从今天开始，我们有名字了！"ME清清喉咙，以非常正式的口吻说，"让我向各位介绍我亲爱的朋友们，DO，RE，FA，LA，TI，以及鄙人ME。"

"我的天哪！"

"噢，天！"妈妈的小矮人纷纷感叹道。

"祝贺你们！"

"真是个好主意！不知道我们是不是也应该琢磨一下自己的名字？"有人提议道，两眼闪闪发光。

"我们还有很多重要的事情要去做，根本无暇顾及这事。"另一个小矮人冷静地反驳道，其余人也赞同地点点头，"只要记住我们都是妈妈的小矮人就行了。"

"好吧……"那个势单力薄的小矮人失望地点点头。

"可是，我们怎么才能记住你们的名字？"另一个小矮人困扰地问。

"别担心，别担心！一位十分有先见之明的小矮人已经为大家考虑周到了。"FA自吹自擂地说，"你们看到这些字母了吗？"他指向身旁LA穿着的背心，"在来这里的路上，我已经把名字绣到各自的背心上了，想要记住它们一点问题都没有。"

"哦，我们差点忘了……"SO 高兴地拍着手，把大家的注意力从 FA 那里吸引过来，"还有更有趣的！"他得意地用眼角瞟了一眼失落的 FA，继续说："可你们得猜猜看！"

"噢，不！别让我们费脑子猜谜了！"妈妈的小矮人一致拒绝了SO的要求说，"我们一路上快累死了。"

"好吧，好吧。我会帮你们的。"SO 义气十足地说，"你们的空中之旅怎么样？"

"还不错。"

"你们有没有预感到会再来一次？"

妈妈的小矮人们耸耸肩。

"当然，当我们回去的时候。"

"不，不。我不是这个意思。你们能预感到很快又会坐上飞机吗？甚至马上！"

妈妈的小矮人们再次耸耸肩。SO说这话的时候，实际是在模仿安娜，她总是喜欢问妈妈是否有这样或那样的预感，如果预感没成为实现，她就会开玩笑说自己是一个不足为信的占卜师。

"啊，你们是怕我是个胡言乱语的占卜师！我明白了。"SO继续开玩笑说，"让我来个小小的提示：你们真的没有很快就会和我们一起去旅行的预感吗？去一个充满阳光的温暖地方？"

"好耶！好耶！"妈妈的小矮人听闻此言立马欢呼着跳了起来，对于身处严寒的他们来说，这个主意真是再好不过了。

这时，安娜和妈妈刚刚走出了机场，正准备从行李车上把行李箱取下放到出租车上。

如果安娜没有沉醉于与母亲的交谈，如果她能把接下来几秒钟发生在她眼前的事情看得更清楚点，她便会更真切地目睹一个罕见的物理现象。在几个小矮人爬下皮箱，摆动着双腿，跑着来到出租车门口时，另几个小矮人一眨眼的工夫，已经从手提箱上挪到了汽车的后座上，就连漫画里的人物飞速跑往另一个地方时还会留下"一溜烟"的痕迹，他们却什么都没留下。最有趣的是，这几个小矮人所做的表演：当出租司机将行李箱放进汽车后备箱时，就在后备箱关闭的那一刹那，他们已神奇地回到后座上！

安娜目瞪口呆地看着眼前的一切，但不管她看得多么细致入微，她都无法看明白他们是如何做到的。

也许，一些常识性的概念只能解释大部分的事物，不

能涵盖全部。但是，根据最基本的逻辑，他们肯定是经由一条最短的路线从起点到达终点。比如，说来有些不可思议，但是从后备箱到汽车后座最短的路线应该是穿越后备箱从后车窗径直钻进车内。

安娜的思路是对的！这就是小矮人采用的路线：无论是后备箱还是后车窗，那些看似足以阻挡人前进的障碍物，完全没能阻挡小矮人的步伐。是的，他们不是能跑得和人的思绪运转一样快吗？！当你坐在汽车上时，你的思绪会受到后车窗和后备箱的阻挠，让你无法想起放在后备箱里的手提箱吗？当然不可能！

而且，以安娜为例，她的思绪是否能为人所知，完全取决于她是否愿意与人分享，所以，与此相似，小矮人的行踪也可以根据自己的愿望，时而有形时而无形。但，毋庸置疑的是，不管是否说出，都不会改变思绪存在这一事实，也就是说，不管是有形还是无形，都不会改变小矮人这一行踪的事实。正如不管你是否大声说出你的看法：无论在何种情况下，好的想法就是好的，不好的想法是不好的，与他们是否被听到毫无关系。

小矮人打算等时机成熟时再向安娜解释一切。目前，他们藏在安娜和妈妈身后的后车窗下面继续讨论着他们的未来之旅。这时，安娜对妈妈说：

"哦，我要给您一个惊喜！本来不应该现在告诉您的，但我兴奋得快忍不住了。如果您能猜到，我就把这个秘密告诉您。"

小矮人竖起耳朵听着。

"哦，不，不，"安娜的妈妈抗议道，"这不公平，你知道，是你自己开启这个话题的，你自己必须完成它。现在，你得向我坦白一切。"

"那，至少，您已经预感到什么了吧？"安娜坚持道。

"好吧，"妈妈犹豫了一下说，"是有一点，你会带我去某个地方，也许去旅行吧！"

"答对了！"安娜充满惊喜地说，"您太了解我了，每次我要说什么的时候都会被您提前察觉。我已准备一连串的问题清单，比如……"

"我们要去哪儿？"妈妈不耐烦地打断她。

"哈，您还是得猜猜看。"

"好吧，迈阿密？"

"不对。"

　　"去尼亚加拉大瀑布？"

　　"不对。"

　　"好了，我猜不出来。"妈妈有些失望地说，"揭晓答案吧。"

　　"波多黎各"。

　　"是那里！你们听清了吗？"SO 小声对妈妈的小矮人说。

　　小矮人的反应看起来并没有比妈妈的反应更热烈。但是，他们很有教养，再加上他们也喜欢异国风情，因此，

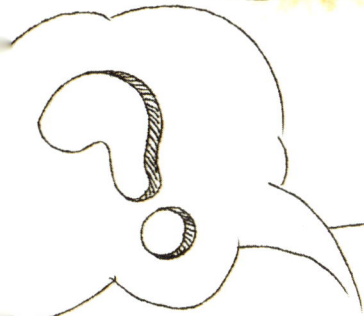

他们和妈妈异口同声地说：

"多好啊！什么时候去呢？"

"一个星期后。"安娜答道，"这样，我才有充足的时间带您到纽约逛逛。"接着，她犹豫了一下，用顽皮的口吻说："还有一些别的东西……"

"是什么？"安娜的妈妈非常了解自己的女儿，从她的表情可以断定，这次安娜会保守这个新秘密。于是，妈妈试探说："我快好奇死了，这好奇心会害我睡不着觉的。"

"哦，不，不！"安娜不屈不挠，"这可是一个'国家机密'。可是，听您这么说，我的心已经软了，我保证在您睡觉前告诉您这个小秘密。"

揭露的秘密

　　值得庆幸的是，安娜守住了她的"国家机密"。因为，妈妈一回到家，还没顾得上四处看看，立马就倒在床上睡着了。不过，第二天早晨，妈妈一睁开眼睛，便对安娜说：

　　"哦，我有预感，今天会是非常有趣的一天！关于那个秘密，你昨晚忘了告诉我，害我一点都没睡着觉。"

　　说完，安娜和妈妈心领神会地一起大笑起来，接着，她们假装用严肃的口吻说：

　　"是的，所有人都对此深信不疑！"说完，她俩又哈哈笑起来。

　　安娜和妈妈非常享受这样的团聚，而且，能用她俩最喜爱的、只有她俩能听懂的词语交谈，这感觉太棒了。

"言归正传吧。"妈妈说，"快点，我已经迫不及待想知道答案了。其实，你是要展示什么东西给我看，而不是告诉我什么事情，对不对？你准备怎么向我展示？"

"去纽约！"安娜用她最能打动人的稚气音调回答。

"哦！认真点，别跟我开玩笑了。"妈妈笑着说，"你已经说过要带我到纽约逛逛了。你觉得我为什么会来这里？是什么吸引一个快年满六十三岁的老人第一次坐飞机！难道我仅仅是为你而来吗？"

"哦，不，我可没这么想。"安娜虽然立刻就明白了妈妈的言外之意，但仍旧装出一副天真无邪的表情，"我想您最好赶快做好准备，这样，我们就可以尽快飞抵纽约了。提醒您哦，去机场的火车还有四十分钟就要出发了。"

妈妈自信地望着安娜：她相信女儿已经假装不下去了。果然，安娜调皮地眨眨眼睛，斜倚着妈妈在她耳边低声说：

"在这之前，我要给您看点东西，我们会和它一起去纽约。"

　　虽然，安娜早就等不及想看到妈妈惊喜若狂的表情，但她仍耐着性子琢磨更震撼的展现方式。

　　"会和我们一起去纽约？"妈妈有些困惑，不自觉降低声音，"那会是什么？！"她皱了皱眉头，用平常的声音问：

　　"你该不会租了一辆笨重的加长豪华轿车吧，是吗？我的天哪！"

　　安娜皱起鼻子，摇摇头。

　　"不是这种事啦。在这里等等我，我一会儿就带您去看。"

　　安娜迅速走进隔壁自己的房间，上下打量一圈：

　　"你们在哪里？DO，RE，ME，FA，SO，LA，TI!"安娜低声叫道，"快出来，快出来吧，我要把你们介绍我妈妈。"

　　"我在这里。"

　　"我在这里。"

　　"我在这里。"她听到小矮人的声音来自不同的方向。

　　"请所有人都到书桌上来。噢，其实，我真不知道她见到你们会作何反应，但我非常希望她能认识你们。"

　　"当然，你必须告诉她。"第一个现身的DO说，"我正想给你同样的建议。"

　　"TI在哪里？"安娜问道，"我希望他记下他所看到的一切，这将是非常有趣的事情！"

　　TI从书桌上一大摞书中探个脑袋出来道：

　　"我在这里，正削铅笔呢！"

　　"别担心！"LA亲切地笑着说，"一点也不用担心！一切都将进展得非常完美！"

　　"噢，我不知道，我不敢肯定。我希望你说的是对的。请大家留在这里，我去带她过来。"

"好耶！我们的愉快时光开始啦！"

"她完全不知道这是什么样的惊喜！"安娜听到背后有人在说话，她觉得应该是ME和RE的声音。她完全可以想象出他们互相推搡着说话的样子。

又一个听起来怪怪的笑声传来，突然让大家安静下来，她本想回头看看，但她现在实在没心情答理这些小矮人的突发状况。

　　过了一会儿，妈妈走进房门口，安娜站在她身后，双手蒙住了妈妈的眼睛。

　　"往前走，继续往前走，就快到了。"安娜引导着她走到桌子前，在椅子上坐下来，"请不要睁开眼睛，可以睁开时我会告诉您。"她用一只手蒙住妈妈的眼睛，用另一只手拖来一把椅子，舒服地坐在妈妈旁边，"我们到啰！您可以看啦！"

　　妈妈揉揉眼睛，安娜此刻紧张到了极点。天哪，妈妈的反应真慢！安娜把身体靠在椅背上，此时，她显得兴奋异常、焦急难耐，一颗心悬到了嘴尖，有一种快要窒息的感觉。妈妈看着她面前的桌子，然后，淡淡地笑了笑……

　　只是简单的一笑置之！？……安娜惊呆了：是的，她并没有其他多余的反应，只有一个愉悦的笑容挂在脸上。

　　没有别的！没有惊奇！没有疑惑！完全没有！

　　"难道他们已经消失啦？"安娜一刹那想到这里，这之前她一直盯着妈妈的脸，没去注意小矮人是否还站在那里。她向桌上瞟了一眼，但是，没有问题，他们在那里！安娜再看回自己的妈妈，她的眼睛，正盯着自己的小矮人在看。

"等等！等等！这是我的幻觉，还是您真的什么都能看到？"她瞠目结舌地问。

"嗯，我能看到，因为他们与我的小矮人同在！"妈妈抱着安娜，在她耳旁低声说。

一时间，安娜还没回过神来。她看看小矮人，再看看妈妈，然后再看看小矮人，一副难以置信的样子。

"什么？这是什么意思？您知道……我们都有小矮人的事情？而且您早就能看到自己的啦？还有我的？什么时候？噢，我的天啊！"安娜结结巴巴地问着，吃惊得无法说出完整的句子。

"很久以前，我的孩子。"妈妈答道，"你现在能看到它们，我真是太为你高兴了。这意味着你变得更加优秀了，更重要的是，你没有失掉自己的童真。现在我可以真正的放松，不用为你担心了。"

"但是，您为什么没有早点告诉我？"安娜十分不解地问。

"因为，我想你用自己的双眼去发现。到最后，大家都必须依靠自己来发现真正的自己。只有这样，我们才有机会成为更完善的人，从而改善我们周遭的事物。人们总是以对象作为自己的参照，这也是为什么人们总希望寻得更多的对象。但是，按照我们内心来行事，则完全是另一回事。它要困难得多，因为，这意味着要从自己身上寻求提高自己的来源。我想，这就是我们现代人的主要问题，是生活在地球上的我们面临的主要问题。"

安娜眼角的余光看到DO听得很专心，和妈妈的所有小矮人一样，使劲点头赞同着妈妈的话。

"此外，"母亲继续说，"我没有告诉你的另一个原因是，我相信总有一天，你一定会看到自己的小矮人。虽然你已经不记得了，但当你还是一个孩子的时候，我们经常和我俩的小矮人一起玩。"

"真的吗？"安娜叫道，"我完全不记得了，这是不是意味着，"她说着，把头转向母亲的小矮人，情绪已恢复镇静，"意味着我们其实认识对方已经有很长一段时间了。"

妈妈的小矮人只是咯咯笑着没有回答。

"你们有没有名字呢？"她尽可能模仿着母亲的口气，像是把他们当成了妈妈的另一群孩子。

"唉，很遗憾，没有。"其中一位非常沮丧地回答。

　　他，当然就是那个在机场，狂热地支持取名提议的人。

　　"没人想取名字。"他叹了口气，耸耸肩，对大家的举动一脸不解。

　　"我们可是自己想的名字哦！"安娜向妈妈吹嘘起来，"就在昨天，我们去机场的路上。您可能全都认识了，可他们的名字您还不知道吧。比如，他，"她指向DO，"叫做DO。DO，就像音乐里的第一个音符。"

　　"意味着雄心壮志，好主意从来没有间断过！"妈妈笑着补充道。

　　DO的脸刷一下红了，撅起小嘴嘿嘿笑着。至于安娜，她已经不再觉得惊奇了。

　　"而这就是RE。"她继续介绍道。

　　"一位公关。"RE赶紧自我补充道。

　　"具有艺术天赋的人是ME。"

　　"哦，是的，我知道他的才华！"妈妈一边说着，一边像一个粉丝那样为偶像喝彩鼓掌。

　　ME倒是一点也不尴尬，反倒落落大方地鞠了一躬。

　　"FA，"安娜继续说，"就是把大家的名字都绣在背心上的那位。"

妈妈戴上她的眼镜，仔细研究着小矮人的背心。

"干得好，FA！"她说，拥抱了一下安娜，"我勤劳的孩子！"

"这是SO，一位旅行家。"

"如果你也想把自己的名字改为'旅行家'，也是一个不错的主意。"妈妈对安娜说，"你脑子里不是一直都有去环游世界的念头吗？"

"这是LA，他……"

"他总是乐于帮助别人。"妈妈帮安娜把话补充完整。

"是的，就是这样。最后，这是TI。"

"那个废寝忘食写作的小家伙吧。"妈妈摇摇安娜的手，指着TI说，"嗯，你的名字非常好听。祝贺你！现在，我们好好收拾一下，准备出发去纽约吧！"

"好吧。"安娜点点头，"还有一个疑问：您是怎么看到我的小矮人的？我为什么可以看见您的？我原本以为人们只能看到自己的小矮人。"

"哦，这一点其实非常重要。这全都是因为爱，只有真心而深沉的爱，才能让你看到我的小矮人。因为同样的理由，我也能看到你的小矮人。相信我，如果你想弄清那个人是否真的爱你，你只需确认一下这个人是否能看到你的小矮人。很多时候，我们所谓的真爱，其实不过是一种自己麻痹自己的幻觉。所以，小矮人可以帮助我们来对爱进行判定，这有点像一种爱的探测器。"

"真有趣！"安娜惊呼，"当人们发现自己的小矮人后，一切复杂的事情都变得简单了。"

"嗯，当然。"妈妈赞同道，"我们一直注视着外部世界，让自己变得越来越复杂！我们总是将一切归罪于他人；我们总是忙于从一个地方赶到另一个地方；我们总是在算计着，把身外之物堆积得越来越多；我们总是没有时间关照我们的内心；总是意识不到人的内心不仅对我们个人非常重要，而且对我们处理与外部世界的关系也十分重要。"

安娜出神地看着妈妈。妈妈的话让她肃然起敬，但同时，她觉得一个全新的奇妙的世界已经向她打开了大门，而此刻，安娜觉得自己十分幸福，因为，妈妈正陪伴她在这个全新的世界中，并成为这个世界的一部分。

"我准备好了！"过了几分钟，安娜宣布道，轻飘飘的身体仿佛刚刚才触地。

　　"我也是！"妈妈说，然后对着她的小矮人说："来吧，跳进我的包里！当我们出门时，这里是他们最爱待的地方。"她悄声向安娜解释着。

　　"哦，这就您总是背一个大开口手提袋的原因？"

　　"是的。"妈妈说。

　　"哪儿是你们最喜欢的地方？"安娜问自己的小矮人。

　　"哦，"DO说，"我们可是各有主意的，每个人都有自己最喜欢的地方。"

　　"你介意我来说明一下吗？"RE发言道。

　　"当然不。说吧，这可是你的强项。"

　　"DO通常在你的一个肩膀上，"RE开始道，"ME和我在另一个肩膀上。这样，我们可以很顺利地观察外面的情况。有时候，我们会紧紧抓住你的耳环，这样站着或坐着：就像坐在敞篷车上一样让人起劲。FA和TI，你应该能猜到，对外界事物一点兴趣也没有，他们会坐在你的某个衣服口袋里或你的包里：一个干活，一个写作。当然，如果是一个新的行程，TI通常会站在衣服口袋里，这样他可以借机观察外面的新鲜事物，然后记录下来。还有，SO最喜欢的地方是你的头发卷：这是一个理想的瞭望台，你知

道，游走和探索这个世界是他的最爱，况且，那里舒适得就像坐在一把软绵绵的椅子上，我也想坐在那里。"RE阴沉着脸，"但他很少把位置让给我，除非你要参加一些非常重要的约会，而我是唯一一个需要盯梢的人。"

说完，他们各就各位后，安娜、安娜的小矮人，妈妈和妈妈的小矮人一同向火车站进发。

6

Chapter Six

在纽约

纽约的摩天大楼对普通人来说已经高得要命，但你能想象出当它们矗立在小矮人的眼前时会有多么巨大？安娜和妈妈站在第六大道上，从这里延伸三个街区就到中央公园了。她们为了看到最高的建筑物使劲仰着头，为了防止妈妈后仰过度而摔倒，安娜还紧紧抱着妈妈的腰。不用问，妈妈的矮人们早就跳出包里，站在一旁的人行道上，他们双脚分开，双手叉腰，用尽全力仰着头，即使如此，至多也只能看到三层楼高。

"哦，这样做一点用也没有。"安娜的小矮人站在四周说，"一开始，我们也这样做过，还是我们第一次来纽约的时候，但我们根本就没看到任何东西。"

"现在，我们将带你们去可以观赏到纽约摩天大楼全景的最佳位置。"RE毛遂自荐道，并且像一个经验丰富、以纽约引以为豪的当地导游那样侃侃而谈："这可不是普通的城市天际线。完全不是！这里的建筑在天幕上描画了一幅无与伦比的'心电图'。"然后，他激动地开始在空中上下比画起来，"这就是为什么你们要……"

RE的话还没说完，就在这时，妈妈那位有些个人主义的小矮人完全没有听到RE的话，使劲地仰头看，突然摔倒在了地上，大家的目光都转向他。离他最近的ME并没有急于扶他站起来，反而蹲下去，摁住他：

"就是这里！看看！"ME说，"这就是那个绝佳位置，只有从这里看上去，你才能充分感受到那幅在天幕上描画的无与伦比的'心电图'！"他原封不动地照搬RE的话，同时自己也立马躺到地上。"这真是令人印象深刻！我可以向你保证！顺便说一句，是我发现了这个绝妙的位置。"ME抬起他的头，好像期待着潮水般的掌声向他涌来，"RE可以为我作证。"

"是的。"RE苦笑着承认。但是，即便是用绞尽脑汁想出的、最贴切的比喻来赞美纽约，都无法让人信服，因

为，这些终将化作泡影悄悄消失得无影无踪。ME的话也没有得到任何喝彩，因为，所有小矮人都躺在地上，仰望着上空，妈妈的小矮人们不停地发出阵阵惊叹声。

"哦，天哪！真是令人难以置信！"他们一个又一个重复感叹着。

只有SO瞒天过海，躺在安娜的肩膀上，感受着这"无与伦比的'心电图'。"

"哦，天哪！真是令人难以置信！"安娜的妈妈也欣喜地重复道。

"现在，我们要去帝国大厦，你们会从一个相反的视角来欣赏纽约：从上往下。"安娜一边说，一边挥手招来一辆出租车。"对了，小矮人们去哪里了？"她惊叹道，"天啊，我把他们给忘了，但愿他们不要在人群中走丢。"

"在过去的六个月里，你都不知道把我们忘记多少次了？！"她听到DO在耳畔说道。

"是这样吗？"安娜困惑地说，"有这么多人在我们身边来来往往，难道你们从来就没迷路过？"

"嗯，"DO接着说，"很简单：因为你身上有磁铁一样的东西存在——爱的磁铁。就是因为有这个，我们才能时时刻刻联系起来。所以我们没有办法……"

出租车司机不耐烦地按着喇叭——很明显，他在催促着身后这个小小的"交通事故"赶快处理完。

"快，我们快上车。"DO催促她，"上车后再告诉你。"

"但是，所有人都在这里吗？！"安娜担心地问。

"是的，是的。"小矮人们说，"上车！"

"您的小矮人呢？"安娜望着妈妈，她看上去一点也不担心，"他们都在这里吗？"

"当然了。"她回答，好像这是世界上最自然不过的事。

"看来，妈妈也知道这个'磁铁'的秘密！"安娜放下心，坚信她们的小矮人都已经好好坐在出租车上了。

不过，没等出租车开出几米，安娜惊慌地向司机喊道：

"停车！停车！"

"SO还没上车！"看着妈妈满脸的疑惑，安娜指着在橱窗外面驻足观看的小矮人说，"DO，你刚才是怎么告诉我的？"她责备道。安娜正准备打开车门去把SO叫回来，SO却突然从橱窗前消失了，就像一种化学物质溶解在了空气中，一点踪影也见不到，与此同时，SO已经活灵活现地

坐在了她的腿上。

"哦，这不可能！这不是真的！"她瞪大眼睛惊呼，完全不敢相信自己的眼睛，她望了望车窗外SO一秒钟前站的地方，又瞧瞧腿上的SO，再看看妈妈。最后，她无助地耸耸肩，显然放弃了探究这个奇迹的努力。

"我想应该是时候告诉你了。以后，你就不需要再为这事担惊受怕了。"安娜听到DO的声音从肩上飘来，"我的意思是，我们会告诉你，我们是怎么做到的。你还记得，我们曾答应你到机场的时候告诉你，对吧？"

"我想是的。"安娜喃喃地说，显然还处于震惊中，她用眼角瞅了一眼DO：还好，起码可以确定他还站在那里。她不知道自己是否有勇气再去面对又一个不符合常理的事情：从DO声音传来的地方见不着他的人。

"你还知道些什么？"她已渐渐恢复理智，觉得自己被愚弄了，有点生气地说："你为什么不一起告诉我所有的事情，这样我就不会随时提心吊胆的了。谁会想到我眼前竟会看到如此多稀奇古怪的事情！而且，在我抓破头也想不出所以然的时候，你们早已知道事情的真相！"她气呼呼地转头对妈妈说："这真让人受不了！"

这时，RE正在向妈妈讲解他们刚路过的标志性建筑。DO告诉安娜，除了通常的行进方式，他们还能以思维运转的速度行进，而众所周知，思绪的运转是唯一不受障碍物和距离远近限制的方式。因此，举例来说，即使安娜身在美国，妈妈在欧洲的家中，只要她们彼此思念对方，她们的小矮人就会相聚在一起，所以，在过去的六个月中，她们的小矮人已经见了很多次面了。

"难怪，"安娜心想，"我经常会感到妈妈的存在，就在这里，在我的身边。"

DO还告诉她一个顺理成章的事实：他们的行进方式就和思绪一样，有有形和无形之分。简言之，不管是人的思绪，还是小矮人的行进，根本无须顾虑距离远近，因为，这只取决于一个人的想法，而且，不管好的坏的，只要不被说出去，都只存在于意识的世界里。而且，这些没有说出口的想法在现实世界中，也具有鲜活的生命力，和我们表达出去的想法具有同等的重要性。

"所以，不要担心，你不会失去我们，就像你无法失去自己的想法。"DO总结说："没有任何办法，哦……"他犹豫了一下，"其实，有一个办法：除非你迷失了自

己。呃，虽然这么说不太确切……但，我觉得，最好还是把例外情况告诉你，如果你不介意的话，因为我们快要下车了。”

“当然，一点也不介意。”安娜的疑虑一扫而空，完全忘记了自己置身在曼哈顿的繁华喧闹中。

她不确定妈妈和自己现在谁会更觉惊讶：妈妈正目睹着纽约带来的视觉震撼，而她则游历在小矮人的新奇世界里。她刚刚经历的这些，可谓真实世界里的奇迹。

然而，当他们来到帝国大厦的顶层，安娜的妈妈无疑在这场惊奇比赛中取得了胜利。

“我的上帝，太美了！这个怎么样！这个呢！”她在平台上从这边走到那边，根本无法抑制住自己兴奋的心情，完全被纽约不同的城市面孔惊呆了。“哦，这样看还挺让人害怕的。”当她怯生生地把脖子伸出栏杆外朝下看时暗自感叹道。

“要是站在那里，你是不是会觉得更可怕？”安娜指向帝国大厦的最高端，“如果我们能上去的话！”

“哦，不！我一点也不愿意去那里。”母亲断然拒绝，把头伸回来，小心翼翼地望着上面，“想想都让我头晕。”

New York

　　就在这时，安娜注意到，列在栏杆上的小矮人队伍变短了。仔细一数，SO又不见了。

　　"SO又消失了。"她说着，开始四处寻找，"他去哪里了呢？也许去了纪念品商店？"

　　"哦，不，不。"ME摇摇头，"他很有可能去那里了！"他指向帝国大厦的顶处，"而且，我也打算跟他去。你能想象那是一个怎样的舞台吗？每个人都能看到你在那里！"

　　"他是怎么到那里去的？"安娜问道，担心得够呛。

"嗯，我不是告诉过你我们能像思绪那样前进吗？"SO有点不耐烦地说，像一名老师在教训一名差劲的学生。

"只要你的思绪到了那里，你就已经在那里了，他当然会立马出现在那里。还有什么问题吗？"

这样的解释并没有让安娜放下心来。

"如果你愿意，我们可以检查一下他是否真的在那里。"LA说着，顺手给了她一个小圆玻璃，根据镜片大小判断，应该是一个小型眼镜。

安娜透过镜片看去，帝国大厦的顶端近在咫尺，仿佛随时可以触摸到它，是的，就在那里，帝国大厦的顶端，SO正站在那里无忧无虑地四处张望！她看得非常清楚，而站在他旁边的是……她倒吸了一口冷气：哦，是妈妈的那位特立独行的小矮人！安娜简直不敢相信自己的眼睛：这样说，妈妈也怀着去那里的愿望！这时，ME也出现在他们旁边，嘴里似乎还背诵着什么语句，并激动地用手比画着，他终于登上那个万众瞩目的舞台了！不，实际上，他似乎并不是在背诵语句，应该是在歌唱，好像是站在麦克风前模仿着某人，应该是在模仿一个很熟悉的人。SO和妈妈的小矮人也开始附和起来，不约而同地摇晃着脑袋。安娜眯起眼睛，集中精神观察着他们的口型。刚开始她还没法辨别出来，但是，当他们三人，仿佛在统一指挥下，向上扬起双手，嘴巴弯成三个"O"型圆圈时，她才反应过来，其实，他们正高唱着："纽约！纽约！"安娜不禁被逗得开怀大笑起来。

"哦，天哪！您一定得看看这个！"安娜看着这些小歌星，对妈妈说，"您不该错过这场演出！真有趣！"她喜笑颜开地说，"我可以把这个小眼镜借给我妈妈看看吗，LA？"

安娜环顾一圈，并没有发现LA的踪影，反而看到妈妈正透过一块小玻璃片朝上看，头都笑歪了。

"你是不是以为我没有'小眼镜'？"妈妈的小矮人模仿着妈妈的口气反问。

"太好了！现在我们可以免费俯瞰纽约全貌了，犯不着花钱用那个大望远镜去看！"她指着附近摩天大楼上的望远镜说。她马上用镜片朝其他地方看了一圈，可这次什么也没看见。

"别浪费时间了，你什么都不会看到。"LA突然出现在

旁边的栏杆上说，"这是一个专门用来看小矮人的眼镜，而且只可以用来看自己的小矮人，可不是什么望远镜。"

"真的吗？"安娜问道，"它只能看到你们？"

"和你爱的人的小矮人，如果他们恰好在你小矮人旁边的话。"

"多有趣！那我能看多远？我的意思是它在什么距离以内适用？"

"不管我们在哪里。"LA耸耸肩，好像这是理所当然的，"距离不是问题。"

"即使你们和妈妈一起远在大洋的彼岸？"安娜怀疑地看着他。

"是的。"

"那么，我也能看到我的妈妈啦！"她高兴得跳了起来。

"当然不能。我不是告诉你，这只是一个专看小矮人的眼镜，不是吗？"

"是的，是的。"安娜有点失望地回答，"要是能在我想妈妈的时候看到妈妈就更好了。其他人的小矮人呢？他们都有这样的眼镜吗？我看到妈妈就有一个。"

"是的。事实上……"LA犹豫了一下，随后，他貌似已经打定主意说："其实，每个人的小矮人不仅有这种镜片还有一整套功能各异的神奇镜片。你看！"他打开背心的一侧，安娜看到里面有很多小镜片，"这都由我来管理。就在这里，每个镜片都有不同的功用。"

"你可真让我大开眼界！"她点点头，"你要答应我找天好好展示给我看！而且还要告诉我每个镜片的用法！"

"当然，我保证！"LA回答。

"有小矮人可真妙，对不对？"安娜挽起妈妈的手臂，"我们下去吧。您该饿了。更何况，我们可不能错过精彩的戏剧。毕竟，今晚，百老汇的歌剧魅影正在等着我们呢。"

*

在餐厅里，安娜和妈妈聊着天，完全忘了他们的小矮人。不过，桌子底下发出的一阵听不太清楚的争吵声还是把她们吓了一跳。安娜弯下腰，从桌布下偷偷看去，立马捧腹大笑起来。

"您知道他们在做什么吗！"她嘟哝着，完全发不出一个清晰的字音，"来看看，别出声，不要让他们发现我们。"

　　桌子底下，正在举行一场真正的足球比赛。在一把椅子上，小矮人们即兴把两位女士的手袋当做门柱。球是一个小橄榄，显然是从桌上的盘子里掉下来的。十四件开胸毛衣和背心都堆在另一把椅子上，球员们卷起袖子，跑着，喊着，完全没有注意到是否有观众。即使是守门员ME，也目不转睛地盯着球，完全没有意识到除了他的队友还有别人在赞叹着他的运动天赋。

　　安娜和妈妈不好意思继续从桌布下偷看，所以，他们又坐回椅子上聊起天来，好像什么也没有发生，而只有当"球进了！球进了！"的喝彩声响彻桌下，他们才会给对方一个眼色，猜测着是哪个队领先。

　　过了一段时间，喧闹声平息下来，安娜和妈妈又悄悄看去。一些小矮人正在球门柱前休息，另一些正互相扭打撕扯着。"这举动可真不文明。"安娜边看边说。还有一些小矮人，正摇晃着双腿坐在椅子边缘，哦，举止更加粗鲁！他们一边闲聊着，一边挖着鼻孔，甚至还仔细地观察挖出来的鼻屎。更有趣的是，还有一个安娜的小矮人，哦，安娜赶紧瞟了一眼妈妈，祈祷着她完全没有看到这个小矮人，因为，他正躺在椅子上无所顾忌地放着屁。妈妈

笑了起来：

"真是了不起！小矮人的真性情就和孩子们一样。他们就是要做自己想做的。你想想看：在我们看来，那些非常没有礼貌而且羞于去做的事情，其实都是无伤大雅的事情，只不过是外界强加给了我们不去做的意识。而事实上，这些行为没有伤害任何人。相反，我们倒是应该对那些公开进行着的、甚至是大张旗鼓在做的、表面上冠以各种冠冕堂皇理由的那些令人发指的事情感到羞耻。"

"当然，您说得太对了。不过，我现在已经能想象出他们在剧院的言行举止了。"安娜有些担心地说。

*

然而，在剧院，小矮人的表现非常好。他们坐在安娜和妈妈的肩上，专心地注视着舞台上的表演，并时不时对歌剧魅影里男主人公难逃命运的爱情惋惜地叹气；他们和其他观众一样，心随剧情的变化起伏，头情不自禁地随着音乐的节拍晃来晃去，而且，母亲的一些小矮人甚至还偷偷地擦了擦眼泪。只有ME，当然，从一开始就不见了。

"请把小矮人的眼镜给我。"安娜低声对LA说，"我想看看ME在哪里。"

她用一只眼睛看过镜片，ME的表现同样让她赏心悦目。起初，她发现他在舞台上：用一张纸遮住自己的半张脸，像是一个简易面具，他附和着歌剧魅影的演员一起在昏暗的内廷歌唱着。然后，当幽灵船的阴森轮廓出现在夜晚浓雾弥漫的塞纳河上，ME正坐在船尾，而且引领着剧中的主角走进人们的视线。ME一边双手做出划桨的样子，一边引吭高歌，忘情投入，好像所有的观众都在注视着他而不是别人，而且随时都会跳起来给他起立鼓掌。在那盏著名的吊灯猛地落下来快要砸到他脑袋的危急关头，所有观众不禁惊呼起来，ME，早已站在了吊灯上。不过，这一次，他显然忘记了他正扮演的戏剧角色，朝其余完全吓坏了、在安娜和妈妈那里挤作一团的小矮人做着鬼脸。

表演快结束的时候也正是剧情的高潮，安娜听到自己的左肩传来一阵笑声。她瞥了一眼，RE和SO互相推推，对着妈妈的肩头指指点点。那里，两个妈妈的小矮人正在打盹，他们的头前后摇晃着，而且，还有一个正打着鼾。

"真是丢人！"RE朝他们喊道，"难道我们是带你们来这里睡觉的？"

他们睡得很死，完全没有反应。过了一会儿，坐在椅子上的妈妈那个有个人主义倾向的小矮人，显然目睹了这一羞耻的场面，出现在了这两个打瞌睡的小矮人旁边，拉着他们的衣服。

"快醒醒，醒一醒！你们让我们所有人丢脸死了！"他责骂着他们。

安娜发现，妈妈也正捏着自己的一只手，眼睛都快睁不开了。这毕竟是她来到美国的第一天，而且这一天对她来说十分漫长，对妈妈而言，现在可是欧洲时间早上五点。

*

当他们回到家中，安娜的母亲径直走回自己的房间，她的头一碰到枕头很快就睡着了。然而，安娜却在床上翻来覆去很久都没有睡着。她脑子里回旋着愉快的歌声，奇怪的歌词一一蹦了出来："爱的磁铁，思绪的速度，小矮人的眼镜……她还能从最近才发现的新世界感受到什么？一个从她出生开始就一直存在于她周围的新天地？！不，不仅仅是在她周围！而是在她的眼皮底下！多好啊，生活充满了惊喜，如此令人兴奋，就像一个童话故事！"她想着想着慢慢进入了梦乡。

7

Chapter Seven

云中漫步

一星期后，安娜和妈妈坐上了前往波多黎各的飞机。她们的小矮人挤在妈妈面前的小桌板上，凝望着窗外。

"你们不会告诉我，你们可以在飞行途中离开飞机，去云彩上玩——或类似这样的话吧？"安娜看着他们，半挑衅半怀疑地说。

"我们当然不会说这样的话，"DO答道，"我们只会做给你看。我真不明白，为什么你一点儿都不相信我们？"他有几分郁闷。

然后，桌子板上就只剩下LA了。

"给你小矮人单片眼镜。你不想看看他们吗？"他提议道。

　　安娜拿起眼镜，对着窗户。他们身下的云彩被落日的余晖点染，或粉红或洁白，层次丰富，看起来坚硬厚实，在上面漫步彷佛是世界上最自然不过的事。安娜见过很多次这样的云彩，也想象过很多次离开飞机，去上面漫步。而现在，她的小矮人真的就在上面，在那些粉色白色的山岗和草地上漫步，仿佛那儿根本就没有地心引力，仿佛整个城市都可以建造其上。

　　"每次坐飞机，你都梦想这样做，不是吗？"LA打断了她的思绪，"那现在还有什么可惊奇的？"

　　安娜点点头，叹息道：

　　"你知道吗，我真嫉妒你们！"

　　"瞎说！"LA责备道，"那岂不是意味着你在嫉妒自己！说到底还不是你的一部分在那儿！我们就是你的一部分啊！还有，你该不会认为自己是唯一梦想在云中漫步的人吧？好啦，用这个眼镜看一看！"他从背心里又掏出一个小眼镜给她，这次是绿色的。

　　安娜透过眼镜一看，大吃一惊：云朵上密密麻麻挤满了小矮人！有些小矮人只是在漫步和聊天；有些小矮人在玩各种的游戏；还有一些小矮人找到了更为平坦的地带，正在慢跑；有几个小矮人躲在了山丘后面，正在把云彩滚成球状，仿佛云彩由雪堆积而成，他们把云球垒起来，偷偷地从藏身处往外看，似乎在埋伏着等谁到来。安娜看了看他们四周，另一队小矮人正在接近。云球仗一触即发，不久两个"敌对势力"扑进了对方的怀抱，拥抱亲吻起来。一处更为陡峭的山坡那儿聚集了更多的冬季运动爱好者，他们踩着极其细小的雪橇呼啸滑下。旁边的一小块蓝天撑开了云彩的表面，犹如形成了一座小小的湖泊，一个小矮人——噢，太令人难以置信了！——一个小矮人坐在那儿，双腿悬在云彩的边缘晃来晃去，手里还拿着一根小棍，似乎满心指望能钓上鱼。正在这时，他那根凑合事的棍子迅速向下弯曲，接着……接着一条鱼从蓝色湖水里一跃而出，在空中兜了几圈，落在了那个小矮人的手里。不，不——安娜急忙修正了自己的想法：某种像鱼的东西跃出了蓝色湖面，但这根本就不可能！

"LA，我好像出现了幻觉，看到了完全不可能的事。我刚刚看见一个小矮人在那儿钓鱼。"她的声音中满是自嘲。

"噢，这有什么不可能的呢？"LA耸耸肩，"很简

单：那个人，那个小矮人所属的那个人，肯定正望着窗外想象着那样的事情。我不知道你们人类，要到什么时候，才能意识到一个人的想法有着不可思议的力量，并能自我实现。正因如此，好的想法才无比重要！因为坏的想法也能自我实现，从而对作为这一想法来源的那个人产生糟糕的影响……不管怎么说，慢慢来吧。现在，看看下一座'湖'。"

湖岸坐着一队小矮人，他们把腿伸入"湖水中"，似乎正在进行热烈的辩论，因为他们激烈地比着手势、拍着胸膛。安娜凝视着他们，突然大笑起来：一个小矮人双手大大地分开，仿佛比画着某个很长的东西，获胜般看着其他人；而他旁边的那个小矮人，只是轻蔑地挥手赶走了他，指着他，似乎在说——有可能他真是这么说的，"得了吧，那根本不算什么！你应该看看那条鱼，我的那条！"说着他的双手也大大地分开；不过他的样子像是比画着前者两倍大的东西。

"看来我们中间有很多钓鱼爱好者。"安娜的妈妈不期然插嘴道。

安娜突然意识到，对云彩的观察转移了她的注意力，让她忽略了身边的妈妈，她马上把眼镜拿了下来。不过，妈妈看来一点都没有为此烦恼：她也正透过同样的绿色小单片镜看着，像个孩子一样，无比开心。

"是啊，当然了：不然她怎么可能做出这样的评价？！"安娜自言自语道，努力想象着妈妈现在的兴奋劲儿。不管怎样，她知道小矮人的所有事！毕竟，这只是她有生以来第二次乘飞机旅行。而她第一次前往纽约时是夜间飞行，因此没机会看见这些云中奇景！

"你不会以为云上的小矮人都是来自咱们这架飞机吧？"LA打断了安娜的思绪。

"我正想问呢，"安娜说，"这么多小矮人！可飞机根本就没坐满。"

"嗯，空中并不是只有我们这架飞机。还有很多。"

"感谢上帝，给了我们这个爱的磁铁！不然，我们可能已经把你们弄丢了！"安娜说，显然非常自豪懂得了小矮人的这个术语。"它还提醒我关注您那些销声匿迹的小家伙们。那边，滑雪比赛现场附近的那些小矮人，不就是您的吗？"她偏着脑袋问妈妈。"当然，正是他们。瞧他们狼吞虎咽的样子！"

妈妈的小矮人们正拿着棍子扎起一些松松软软、粉红色的球状物，随意地从上面撕下大大的一片片，馋相十足地送进嘴里。

　　"那是什么东西？"安娜惊奇地问，"看起来像棉花糖。嗯，是了，完全有可能。你喜欢吃甜食！那个可能是他们用粉红色的云彩做的。"

"看那个！"妈妈惊呼道，"看起来那么真实。都让我流口水了。"

"说到食物，晚餐来了。"LA嚷嚷道，他的声音显得急不可耐。

安娜惊讶地看着他：这是第一次有小矮人对食物表现出兴趣。

确实，晚餐闻起来香极了。她觉得自己都饿得不行了。不过，妈妈可能还沉浸在棉花糖的美味想象里呢。正在这时，两人所有的小矮人都出现在了她们面前的桌子上，他们急躁地走来走去，还焦急地往过道那边张望。只有一个站在一边，向安娜的妈妈悄悄做了个手势，把什么东西塞到了她手里。不过，这一切没能逃过安娜的眼睛：那个东西非常小，是粉红色的，看起来就像一片棉花糖，接着……接着，妈妈真的把它放进了嘴里，然后半闭着眼，脸上随即绽放出了欣喜至极的微笑。"嗯，这一刻胜过了一切奇迹！"安娜大吃一惊，自言自语道。

"小姐，您的晚餐。"空姐的声音吓了安娜一跳。

所有的小矮人都围在托盘周围，好奇地偷看盖子下面，满怀期待地搓着手。

"来，我们看看有什么。"他们非常高兴地说着，动起手来。

"看哪：在这儿！"过了一会儿，妈妈的一个小矮人大声宣布道，并使用了安娜的妈妈请女儿到餐桌旁就餐时的招牌手势和腔调。

"真有意思！"安娜终于回过神来后，对她的小矮人们说，"这是我第一次看见你们饥肠辘辘的样子。"

"噢，这仅仅是因为这是我们第一次在飞机上相遇，"SO答道，"飞机上是为数不多的可以提供类似小矮人食物的地方之一。"

"比如说，你知道这是什么吗？"RE指着安娜面前一个盘子里的一块抱子甘蓝。

"当然是抱子甘蓝了。"

RE摇摇头：

"嗯，你可以这么称呼它。但它实际上是小矮人卷心菜。这个呢？"他拿起一个咖啡专用的小塑料盒装牛奶，"这是小矮人牛奶。"

"说得准确一点，"安娜微笑道，"你手里更像提着一桶小矮人牛奶。"

RE显然无心争辩，他继续在安娜的盘子面前散步，一边用博物馆导游的口吻说：

"这些，女士，供您参考，是小矮人西红柿，"他指着沙拉里的圣女果说，"还有这些，您点心碟里的东西？"——碟子里有几瓣橘子——"它们，当然就是，小矮人橘子了。"

"原来如此。每次去超市，总有一种无形的力量把我拉到小袋装食品处，"安娜说，"现在我总算知道这种无形的力量是什么了。"

"也许，也许，"RE轻声咕哝着，在装着几块西兰花的盘子前面，准备结束他的厨房观光导游工作："最后一个问题，这个你应该会称之为西兰花吧？"

安娜点点头。

"就你们人类的认知而言，你当然是对的。但是在我们看来，这个就是小矮人灌木！另外，你们所说的'西兰花'，在被切成小块之前，对我们来说，就是小矮人猴面包树。"

"从现在起，我会管西兰花叫小矮人灌木，管没有切之前的西兰花叫——小矮人猴面包树。"安娜说，"我保证。我们吃饭吧，不然东西都该凉了。用餐愉快！"

"等一下！等一下！"小矮人们还没来得及动手，SO就大喊了起来。"我有个主意。你们想不想去野餐？云彩上面的野餐？"

"想，当然想！"

"当然！"

"好主意！"小矮人们热切地嚷嚷起来。

"我来做些遮阳伞，这样我们就不会被太阳晒到了。"FA说着，问安娜和她妈妈："我可以用一下二位的牙签和玻璃杯下的吸水纸吗？"

"当然，这还用说嘛。"安娜说着递给了他。

FA马上开动起来：他先在圆形纸的圆心处扎个小孔，然后沿着半径把纸叠成手风琴的样子，最后把牙签插到孔里，并开始到处寻找能固定牙签的东西。

"为每把伞配一个小面包球就非常完美了。"妈妈说着，递给他两团面包屑。

"用我的餐巾当地毯吧，"安娜建议，"至于篮

子……"她看着面前的托盘，"有了，我这个碟子清空给你们吧。它会是个非常漂亮的篮子：我们可以用另一块餐巾把它包裹起来。"说着，她清空了自己的方形甜点碟。

小矮人们把一棵小矮人卷心菜、几粒豌豆、几粒玉米、几块饼干、一个小矮人西红柿和几块被安娜切成了小

薄片的奶酪装进了他们的"篮子"里。等"野餐篮子"准备就绪，SO和那张餐巾即"地毯"就从桌子上消失得无影无踪。安娜用还拿在她手里的小矮人眼镜往窗外一看：SO当然已经前往那里：一座"湖泊"附近的一片美丽地带，他正铺着"地毯"呢。紧接着FA便出现在他身边，并把遮阳伞插在了"地毯"两边的斜坡上。ME带去了那"桶"小矮人牛奶，妈妈的两个小矮人则带去了装着食物的"篮子"。随后，所有剩下的小矮人都挤到那里，在"地毯"上趴成了一圈。除了DO。安娜朝她面前的小桌板看去：DO还待在那儿，手里抓着两块西兰花，似乎正犹豫该带哪一块过去。

"你准备拿小矮人灌木做什么用？"安娜问他。

"给那里的风景增加一种非北极的味道，"DO回答道，转眼间，他已在云彩上，沿着"地毯"插"灌木"了。

等安娜和妈妈吃完晚餐，再次望向窗外时，"篮子"已经被一扫而光了，只剩下为数不多的几个小矮人在嚼着一两片卷心菜叶子。夕阳西下，云彩染上了一层冷冷的北极银蓝色。看着它，安娜不禁冷得哆嗦了一下。

"就算那儿现在冒出一头北极熊，我也不会吃惊的。"安娜说道,然后和妈妈同时大笑起来。

"仔细看看:说不定它就在那些喝可口可乐的家伙中。"妈妈回答道。

这时,"野餐客们"回来了。FA和SO把包成一捆的"毯子"交给安娜。

"篮子、桶、另一块餐巾和其他所有餐余东西都在里面,"FA解释道,"请把它交给空姐。"

"做得对!"安娜对此很高兴,"我刚刚还在想,你们也许会把垃圾留在那儿呢。"

"哈!你把我们当成什么了?"FA既吃惊又愤怒,"人类吗?他们当中的大多数都对环境漠不关心!不,我们绝不是这种生物!"他很快平静下来,一如刚才发怒时的迅速,"另外,我可没打算把伞还给你。如果你不介意的话,我想留着它们。"

"我当然不介意。"安娜点点头。

"如果你允许的话,我们想小睡一会儿。"RE报告说,显然代表了其他所有人的愿望。

"来吧,蜷在我衣兜里睡吧。"妈妈提议道。

小矮人们欣然接受,他们很快都进入了梦乡。

"天哪！"安娜突然大惊小怪起来，"你看，我把绿眼镜弄丢了！"她弯下腰，在地板上找起来。

"首先，"妈妈说，"它不是绿眼镜，LA要是醒了，马上就会这么纠正你。它是绿色单片眼镜。其次，你没必要找——你也找不到。"

"不，我一定能找到，"安娜非常坚决地说，几乎要钻到座位下面去了。"我不能就这么把他们的单片眼镜给弄丢了。我真够笨的！怎么能这么心不在焉呢！"她在座位下变得气喘吁吁起来。

"来吧，坐下来，"妈妈弯下腰来对安娜说，"我告诉过你，真不用找。虽然我也只用过绿色单片眼镜几次，但我知道，事后它会自动回到保管它的小矮人身上。起初我也不知道这一点，和你一样，非常焦急，但小矮人告诉我眼镜就是这么来去的。从来如此，毫不例外。"

"噢，感谢上帝！"安娜轻松地吁了口气，坐了回去，"不过……它怎么会这么来去呢？"

"我也不知道，"妈妈说，"有点像一条物理定理。一条小矮人物理定理。为了防止产生任何滥用行为吧。至少，我的小矮人是这样告诉我的。因为人类还没有自我完善到不想彼此偷窥的地步。毫无疑问，偷窥是一件非常恶劣的事情，而如果有了绿色单片眼镜，偷窥起来就会易如反掌。”

"正是因为这个，人们也不愿意在这件事情上强迫小矮人。" 安娜沉思道。

"是的，确实如此。"妈妈回答道，"只要你想到这一点，就会觉得：现在这样挺好。想象一下，人们如果滥用绿色单片眼镜，会发生多少可怕的事情。"

她停下来，看着熟睡的小矮人，点点头又说道：

"有时候，我都很疑惑，不知道究竟他们是我们的小矮人，还是我们是他们的人类？！"

8
Chapter Eight

加勒比海第一夜

波多黎各潮湿、闷热得就像桑拿浴室。

"太棒了！即使是冬天，也有温暖的地方！"安娜的妈妈高兴地大声说道，并马上把裹在身上的一层层衣服脱了下来。"非常感谢你带我来这儿，好女儿。"她亲了亲安娜，"我迫不及待地想明天就去海里泡一泡了。"

"而我们，迫不及待想看看那些青蛙。马上就可以看到了！因为它们晚上出来活动。"RE说。

"青蛙？什么青蛙？"安娜妈妈的一个小矮人战战兢兢地问。

"噢，你不知道波多黎各最大的特色？到处都是青蛙！"RE回答说，同时他的双手做出了一个幅度很大、令人信服的动作，足以把周围的障碍物统统扫开，"它们是独一无二的，波多黎各青蛙。"

安娜妈妈的小矮人们立即跳进了妈妈的手提袋里，并小心翼翼地探出头来张望。RE显然将与无知作斗争当成自己的职责，他随他们一起行动，却只是站上手提袋的边缘，抓住拎带俯看着他们，继续介绍：

"尤为特殊的是，它们只生活在这里。它们也不像别的青蛙那样呱呱叫。它们的叫声是'科奎！'，这也是它们的名字。甚至波多黎各的国徽上面，都有它们的身影。"

源源不断的信息似乎淹没了妈妈的小矮人们，到最后，只有几块头巾从手提袋里露出来，还有一两只眼睛忧心忡忡地探出来，端详着四周，尽管在安娜和妈妈正等着打车的圣胡安机场前，几乎不可能有本地动物界那大名鼎鼎的代表在那儿闲庭信步。

"安娜，为什么不把小册子给你妈妈看看呢？"RE坚持道。

妈妈的小矮人们看着安娜，满心希望她马上告诉RE，不要再开玩笑了。但与此相反，她对妈妈说：

"对了。我都忘了告诉您。到了酒店，我会给您看看

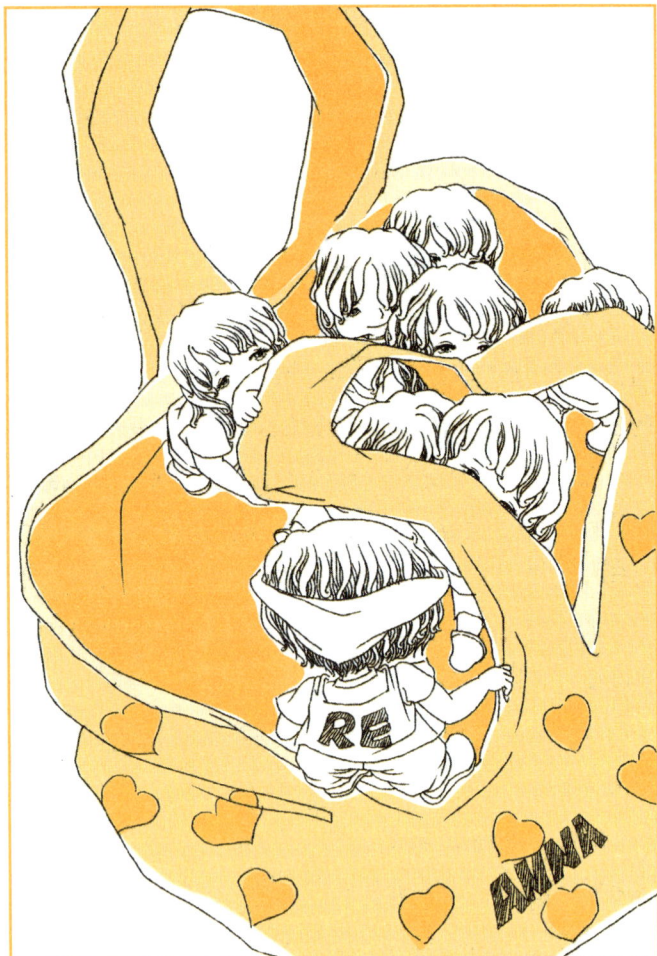

写它们的东西。非常有趣！"

"好啊。"妈妈的反应一点都不热烈。

"它们非常小，"安娜继续说道，"小到你都可以称它们为小矮人的青蛙了。"

"但哪有小矮人喜欢青蛙。"妈妈的那位个人主义小矮人语带嘲讽地纠正她。

"我相信我们都会喜欢它们。"安娜对他报以微笑，"我敢打赌。我们还是先上出租车吧。"

酒店差不多位于旧城最高处，她们的房间能看见海港湾。安娜和妈妈径直上了阳台：下面，举行欢宴的船只一艘接一艘地经过，仿佛在列队行进，又仿佛在向两位女王致敬，她们戴着华美的花环，俯视着它们。突然，这些海上女子乐队队长笔直的行列结束了，一艘巨大的游艇像一座明亮的城堡从黑暗中钻了出来，游艇上的"至尊名流"都是到目前为止只能在电视或电影上见到的。毫无疑问，她们很快就意识到了这一点，因为她们激动得喘不过气来，完全不顾身在何处，大张着嘴看着致敬队列的新成员。她们的小矮人，刚才兴奋得大喊大叫，伸出手排成一排从栏杆跑过，现在却又急忙掩饰这一丑态。他们看见这一不可思议的场景，差点激动到发狂。但他们的激动转瞬即逝。就像得到命令一样，他们假装这种刹那间冷淡下来也是游戏的一部分，他们以一种全然无动于衷且非常随意的态度，冲下面甲板上的小矮人们挥手，仿佛已经乘坐如此奢华的游艇游览过不下十次。然后，他们就继续玩了起来，不肯再屈尊对这一由人类毋庸置疑的技术智慧创造的奇迹给予任何关注。

"事实上，陆地上有趣的东西多得多。"SO插嘴道，在他看来，这一点无可辩驳。

"比如说，'科奎'蛙之类。"ME加了一句。

因为ME和SO一副新游戏点子层出不穷的样子，妈妈的小矮人们都竖起了耳朵，一听这话他们马上拉长着脸，跳到了妈妈的膝盖上。

"我建议青蛙的话题留到明天晚上再说，"妈妈那个个人主义的小矮人马上站出来打圆场，"现在，我们为什么不去浴室玩呢？就当是明天海上游玩的演练了。怎么样？"

"为什么不呢？"ME表示赞同。

妈妈其他的小矮人迫不及待地表示同意，他们满腔热情地冲向了浴室。安娜的小矮人跟在他们身后，ME和SO也不失时机地咯咯大笑起来，还互相嘀咕着什么——这难道不滑稽：我们有些人真是胆小得可以！他们怕什么呢？不就是一些无害的小青蛙吗！

　　浴室里的小东西多得很，足够他们找到乐子。还是非常安全的乐子！小肥皂块，小瓶装的香波、护发素、沐浴液和乳霜，还有化妆棉。安娜妈妈越洋飞行的航班上发给她的袋子也在浴室里，里面有一管小牙膏，一把小梳子，以及各种各样的小玩意儿。并不是每样东西都足够小。当然不会。但至少，它们在某种程度上看起来还是像小矮人的化妆用品。

　　"我们可以在盥洗池里洗个泡泡浴，也可以在浴缸里组织一场游泳比赛。或者，两样都搞。"SO热情洋溢地提议，他一个一个地打开那些瓶子，闻了起来。"你们觉得怎么样？我们先干什么？"

　　"泡泡浴。"

　　"泡泡浴。"小矮人们几乎异口同声地嚷嚷道，一片喧哗中，妈妈的小矮人们的声音尤其响亮。

　　FA用塞子堵住盥洗池的出水口，拧开了水龙头，SO

把沐浴液倒了进去，几分钟之后，水和浴液已经难分彼此了。所有的小矮人迅速脱光衣服，只穿着泳衣，跃入"浴缸"，并互相泼着水，玩起了泡泡，有些泡泡都有他们一半大了。RE想把一个泡泡传给ME，就用脑袋顶了一下，看上去就像把它当成了一个球，但是他的脑袋反而钻到了泡泡里面，在泡泡来不及破灭之前，RE看起来就像个宇航员。小矮人们大都指着他，大笑起来，而SO、ME和妈妈那个个人主义小矮人却试着模仿他的样子，但可惜的是，碰到的泡泡毫无例外地破在了他们手里。

与此同时，唯独没在"浴缸"里的两个小矮人，FA和TI已经开始为把真正的浴缸改造成游泳池做准备了。FA从安娜的牙线上剪了几截下来，绑上几个从飞行袋里拿回的一次性耳塞，当浴缸里的水差不多有十英寸深的时候，他关上了龙头。接着，他俩各站在一头，把牙线绷得直直的，做成了类似泳道这样的东西。活儿干得真棒，FA高兴地站在盥洗池边上，郑重宣布：

"'泳池'准备好了，随时可以开始比赛。"

"改良浴缸"里的喧闹声平静下来，小矮人们擦擦眼睛，望着真正的浴缸。在他们看来，它就像一个奥运会比

赛规格的游泳池。SO和ME马上离开泡泡堆，在游泳池边就好位。RE和LA紧随他们之后，他俩在浴缸横侧来回走着，以便选定跳入泳池的最佳位置。

"你们又不参加吗？"DO问依然泡在"浴缸"里的妈妈的小矮人们——显然，这类比赛不是第一次进行了。

"为什么不尝试一下呢？你们最终在波多黎各开始游泳了，这会被载入史册的。"TI试图说服他们。

"嗯，明天再说吧。我们已经洗了泡泡浴，再游泳就太冷了。"妈妈的一个小矮人言辞闪烁地说，显然他代表了所有其他小矮人的想法。只有妈妈那个个人主义的小矮人例外，他正拉长着脸，昂首阔步地在SO、RE和ME身边走来走去，似乎想告诉TI，不要把时间浪费在这些胆小鬼身上。

"那好吧。"TI放弃了，"你们可以和以往一样，在慢泳道嬉水。当然，要是你们愿意的话。那是你们的游泳圈。"他指着安娜的一堆彩色发带说，显然他和FA把它们放到浴缸旁边的搁架上，正是为了这个目的。

几个妈妈的小矮人过来了：他们戴着游泳圈，沿着浴缸斜面，像在滑梯上一样，扑通一声滑进分配给他们的泳道。剩下的几个依然待在"浴缸"里，望着比赛现场。"运动员们"则在各自的泳道前站成一排，专心致志地进行着赛前热身。

"这一次，我建议邀请安娜帮我们发出比赛开始的信号，并帮我们计时。"TI说，"我当够裁判了，总是我在当也只有我在当。另外，她还没有参与过我们的比赛呢，也许她会觉得很有趣。"

TI还没说完，安娜和妈妈就令人惊奇地进了浴室。妈妈不是第一次看见这番"奥运会场景"了，因此她只是微微笑了一下，但对安娜来说，这又是一大惊喜。她仔细检查了游泳的小道具，大声说道：

"啊哈！这就是我的发带总是湿漉漉的原因，还有我的牙线也总是很快就会用完。每次我从酒店里带回来的香波、沐浴液以及其他所有的小玩意儿都会消失得无影无踪。现在我明白了。"

安娜用手指爱抚着SO和LA的脑袋，接着说：

"好吧，好吧。从现在起，我会专门把这些东西带回来给你们，而不再是留作纪念了。"

"你认为到目前为止，你没有把它们带回来给我们吗？"ME顽皮地微笑道。

安娜疑问地看着他。

"噢，你认为，为什么大多数人喜欢把这些小玩意儿从酒店带回家？"ME以一种非常认真的态度解释起来，这时候的他看起来非常像DO。"你刚刚说：留作纪念。大多数人都会这么说。但实际上并非如此：他们是为自己的小矮人拿的。无论他们这么做是有意还是无意。已经'见到'自己小矮人的人，知道他们多么喜欢玩这些东西。还没有'见到'的人，这样做和处理飞机上的食物的道理一样，只是因为这些小东西以某种奇特的方式，让他们想起孩提时代在玩具屋里玩耍的情景。事实上，与其说是在玩具屋里玩耍，不如说是在和玩具屋里的小矮人们玩耍。因为，和你可能已经猜到的一样，童话故事所写的——玩具娃娃醒了过来——完全是幻觉。实际上，是我们住在你们的玩具屋里。"

"啊哈，"安娜明显一脸严肃地点点头，显然是在模仿ME。"嗯，有人在你身边为你揭开生活的秘密的确不一样！很有趣，看来你一下子变得无所不知了。"然后她看着DO，大笑着说："你有失业的危险呢！"

"可是，在那之前，我自愿把我的工作交给你，"TI 打断她说，"我一直都是裁判，我当够了，烦透了。要是你不介意的话，请给出开始的信号，并帮我们计一下时吧。"

　　安娜还没来得及说"好"，他就把一个小小的六音孔哨笛和他的笔记本交到了她手里。

　　"各就各位，预备！"她马上转向比赛现场，"三、二、一。"

　　每个人都屏住呼吸，她吹响了哨笛。"选手们"跳进了"游泳池"奋力向前，裁判则同时关注赛场和时间。

　　那个晚上，安娜吹响了很多次哨笛，每一次，"选手们"都跃入水中，力争胜利。他们都想获胜，并且总是寄希望于下一场比赛能轮到自己，但是妈妈那个个人主义的小矮人总是笑到最后。这也不是偶然的：所有的观众都为他加油喝彩——不论是戴着游泳圈的，还是泡在盥洗池里的，当然，还有安娜的妈妈。

　　到最后，大家都筋疲力尽了，互道"晚安"之前，他们唯一还有余力做的事情就是再次来到阳台上，看看圣胡安海湾和上面繁星满布的夜空。夜风中充满了奇异的叫声：

"科奎！科奎！科奎！"来自四面八方。

"我就说嘛。"RE兴高采烈地跳起来，仿佛这一刻，他一直努力证明的事情得到了全宇宙的证实。

"科奎！"ME学起了这个叫声，马上就从黑暗里得到回应。

"科奎！"

"科奎！"其他的小矮人们也跟着叫了起来，连安娜和妈妈都加入了进来，回应声从各处传来。

波多黎各，离太阳更近

　　然而，第二天一大早，就没开个好头：安娜醒了之后觉得恶心，他们没有按原计划去海滩，而是请来了一位医生。医生认为安娜至少应该在房间里休息两天。

　　"别那么沮丧，"医生走了之后，妈妈告诉安娜，"来，先把药吃了，我和小矮人们也会尽力帮你，让你快点好起来。"

　　"我希望你们能。"安娜难过地答道，"唉，奇迹也有结束的时候。很抱歉，我用这种方式把你们的假期搞得一团糟。"

　　"瞎说！每个人都可能遇到这种事。"妈妈责备道，"尽管我们现在说的不是奇迹，但你对奇迹的看法还是不对。"

她坐在女儿床边，握着她的手。

"我没说错吧？"她问坐在安娜周围，焦急地看着安娜的小矮人们。

他们点点头作为回答。

"不管你信不信，我们都会尽力帮你，"安娜的妈妈继续说道，看来代表了其他所有人的意见。"我们也希望这种帮助既有效，又让你觉得有趣。因为你还将了解一件至今你一点儿概念都没有的事情。一件你生病时，小矮人们一直在做的事。从你还是个孩子的时候起就在做了。"

安娜的好奇心一下子就像她的体温一样，上升了不少。

"好啊，看来多亏我生了这场病！要是非得以这种方式让事情变得如此有趣的话。"安娜努力振作起来，开着玩笑。

"你还记得，我答应过你，要给你看收藏的所有神奇单片眼镜吗？"LA说，"给你，看这个。"他递给安娜一个小小的，烟熏黑夹杂着褐色的眼镜。"你猜得出来，这个是干什么的吗？"

"像是日食观测眼镜上面的一小片玻璃，"安娜回答

道，"但我不知道是用来干什么的。"

"聪明的姑娘！"LA高兴地说，"这是一个太阳单片眼镜。戴上它们的时候……呃，一共有七个眼镜，因此我用了'它们'一词。嗯，戴上它们的时候，我们能到太阳那儿去。就像这样。"他递给FA一个褐色眼镜，FA一将它架到眼睛前，就消失不见了。

"到太阳那儿去？！"安娜惊呼起来，"那能请你把小矮人单片眼镜递给我吗？我想看看他。太有意思了！"

"不。遗憾的是，你在那儿看不到他。对人类来说，即使是透过小矮人单片眼镜，盯着太阳看太久也是很危险的。因此不能这么做。你只能竭尽全力去想象。现在，想象一下FA已经到了那儿，正从他的卡迪根夹克兜里拿出一只小水桶来。"

"就像这个，"RE插嘴道，并从他兜里拿出来一个东西，它小得看起来更像是一个带柄的圆点。

"它那么小，显然我也只能想象了。"安娜说。

"现在，"LA继续说道，"FA正用他的小桶，从太阳身上舀出一桶太阳能，他马上就回来了。"

话音未落，FA就出现了。

　　"你们显然是打算通过转移我的注意力来治好我的病。你们认为,只要让我忘掉自己生病了,病自然就好了,差不就是这样。"

　　"不是这样的!"LA摇摇头,露出了随时都能把手巾变成鸽子的魔术师的表情。"我们已经在专心致志地为你的痊愈而努力了。你认为,FA为什么要用这个方式去太阳那儿?为什么他要用太阳能量桶带回这种东西?对了,这是那种桶的名字,我们每个人都有一只……为什么?当然是为了我们亲爱的病人了!现在,再用这个神奇单片眼镜看一看。事实上,它最不像单片眼镜,但它也是最具魔力的。你很快就会明白原因了。"LA拿出一副像是镶着金属边的眼镜的东西递给FA,FA把太阳单片眼镜还给他,接过眼镜戴上,他的人马上开始变小。

　　安娜皱皱鼻子,开始揉太阳穴。

　　"不,不,"LA说,"不是你眼花了。也不是你发烧导致的幻觉。FA真的在变小。因为这就是这副眼镜的功能——它们是变小眼镜。我们只在这类情况下使用。来,拿着这个单片眼镜,透过它看一看,发生了什么。他递给安娜一块小玻璃,原来是个放大镜之类的东西。

140

　　与此同时，FA顺着安娜的胳膊往上走，已经快到她的手肘那儿了，他已经变得只有原来一半大小。安娜用那个小放大镜对着他一看。她皮肤上的毛孔显得无比巨大，使得她的胳膊看起来像是奇异的、布满了环形山的月球表面。FA站在一座环形山的边缘，还在继续缩小，直到已经能够看见他手里的带柄圆点，而他本人看起来则像个小点，最终消失在环形山里。

　　"你现在又得尽力想象了，"LA的声音把安娜唤回了现实世界，现在她的毛孔看起来什么都不像，只是正常的毛孔。"闭上眼睛，想象着FA此刻如何找到了你体内生病的细胞，用一把极细微的刷子，给他们刷上了太阳能量桶里的太阳能。你想象得到吗？"

　　"我尽力！"安娜说，紧紧地闭上眼。

　　"了不起！希望你明白，如果你真的能尽力去想象这一切，对他将是多么大的帮助。"LA鼓励道，"现在，我们每一个都会满怀希望地紧随FA之后，我们会帮助你的细胞更快地复原。"

　　安娜情不自禁地睁开双眼，看到LA正在给她其余的小矮人分发太阳单片眼镜，他们一个接一个地手里拎着那种带柄圆点，消失得无影无踪。妈妈的小矮人们也如法炮制。眨眼间，他们又都回到了她的床上。他们鼻子上架着变小单片眼镜，消失在她胳膊上的"环形山"里。安娜抬头看着妈妈，她一直握着安娜的另一只手。

"这么说，从我还是个小女孩的时候起……"

"现在，"妈妈打断她，"请不要问我任何事情。我只要你集中精神，真的去想象LA告诉你的情境。这样效果会好得多。相信我！"

刚刚发生的这一切让安娜大为震惊，她马上听话地闭

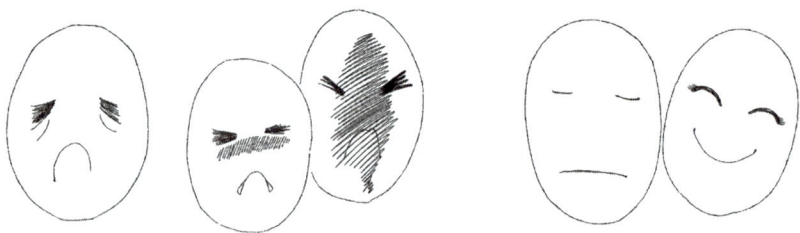

上眼睛，开始想象她和妈妈的小矮人这时如何在她体内刷太阳能，这种能量又是如何充满她的细胞。仿佛她能亲眼看到这些生病的细胞！它们都长着脸，它们的脸都表情沮丧、闷闷不乐，但是，它们突然开始变得精神振奋，很快绽放出了笑脸，就像纪录片里，一朵花从绿芽新吐到全然怒放。

安娜睡了几个小时，醒来后感觉好多了。她看看四周：妈妈还在原来的地方，小矮人们互相拥抱着在她膝盖上睡着了。

"刚刚的一切都是梦吗？"

"不，"妈妈微笑道，"我告诉过你：从你是个小女孩的时候起，每次你病了，小矮人们都会帮助你好得更快。"

"但你也说过，这不是奇迹。如果这不是奇迹，那它是什么？！"

安娜的妈妈犹豫了一会儿，然后答道：

"这当然不是奇迹了。它只是爱。你认为，当我生病的时候，小矮人们——我的和你的一起——不会为我做同样的事情吗？只不过，你坐在床边，挨着我，非常希望能帮我好得更快时，却不知道实际上你已经派他们为我带回来了疗效很好的太阳能量罢了。"

安娜拉过妈妈的手，吻了吻手掌，将自己的面颊贴在上面。

"非常感谢你，妈妈。"

"我没什么可感谢的，"妈妈回答说，"都是小矮人们……"

安娜笑了。

"一个人也能够以这种方式帮助他自己吗？"

"当然。你只需要告诉你的小矮人们，带着太阳能量桶，去太阳那儿打些能量回来，然后指挥他们去你感到疼痛或者不舒服的地方就行了。然后你必须闭上双眼，'注视着'他们——如何前往，如何用太阳能量刷生病的细胞。如果你努力集中精神，长时间地'关注'他们如何治愈你，他们的效率就会更高。每个人都能通过这种方式帮助自己。"

"看来很容易。"安娜满怀热情地说。

"看来是这样，实际上也不尽然。因为比较而言，吃了药，什么都不用做，就等着好起来更容易。虽然那样

146

好起来慢得多，但不会把你搞得很累。小矮人们的太阳疗法，需要你的努力。这种方法很有效。但不是我们习惯的那种有效。因为它在我们体内，作用于我们的身体。其有效性没法进行客观的衡量。看不见摸不着。因此，人们很容易半途而废或者干脆从不使用这种方法。让我们回到重点：我们更容易投入精力到周围的事物上，而不是投入到我们自身内部。此外，很多人就是不相信我们有这种能力，不相信'自身内部'的力量如此强大。因此他们生病时很恐慌，而恐惧本身才是最可怕的东西。它会阻碍我们体内的能量——这种能量，其中一部分我们知道，另外一部分我们对其依然毫无概念。"

"你早就应该睁开双眼看看的那部分，"DO补充道，一副睿智的样子，显然他刚刚睁开自己的眼睛。

其他的小矮人也都醒了，跳上床来，围绕在安娜身边。

"如我所料！你好多了！"LA欣喜地说，"明天之前，我们会再做几次太阳疗法，我敢打赌，到了明天早上，你就好得可以去海里泡着了。"

"再去太阳那儿之前，你愿意帮我点儿别的忙吗？"安娜问道。

　　"当然，"LA说，"告诉我你想要什么就是了！"

　　"让我看看其他的单片眼镜。实话说，还多吗？据我所知……"她犹豫了一下，开始一根根扳起指头来。"按出现的顺序来说：小矮人单片眼镜、绿色单片眼镜、太阳单片眼镜、变小单片眼镜……我想得起来的就是这些。"

　　"还有两个，"LA递给她一个小的粉红色眼镜和黑色眼镜。"你猜得出来，它们是用来做什么的吗？"

　　"嗯，粉红色这个是拿来让人用乐观的心态看待世界的。"安娜笑道。

　　"你在笑，但你想不到，你说得多对，"LA说，"当一切在你——我说的你，是指人类——看来都是毫无必要的黯淡时，换句话说，当你没有什么具体的原因，而感到沮丧时——人类经常觉得，因为一些最愚蠢的原因，感觉世界末日已经到来——这时，我们会给你戴上粉红色单片眼镜。如果这还没用，我们就会给你们戴上黑色的。用黑色单片眼镜看去，你就能发现，世界上有糟糕得多的事情，你的烦恼不值一提。你通常会为什么事情烦恼？不外乎与名利有关。"LA叹息着点点头，一副一生中已经忍受太多的智者模样。"归根结底，一切都有赖于你以什么样的观点来看待它。"

"或者说，实际上是有赖于我们以什么样的单片眼镜来看待它。"安娜纠正了他，"哦，我忘了一个！那个放大镜。还是说那个并不算数？"

"你为什么会觉得它不算数呢？"

"嗯，因为它不神奇。它不过是一个普通的放大镜。"

"你错了。实际上，它和别的眼镜一样神奇。只是因为你们人类，到目前为止，受限于你们的物理法则，只能把它当成放大镜。因此你认为，其他的眼镜神奇，它不神奇。再说一遍，一切都有赖于你看待它的观点。你认为放大镜不神奇，如果你的判断基于这一点，那么其他的眼镜就是神奇的。不过，要是你的判断基于放大镜和其他眼镜一样神奇，那么结果就是，所有的眼镜都不神奇。但是，如果你假定，其他的眼镜很神奇，而放大镜和它们是一样的，那这就意味着，所有的眼镜都是神奇的，包括放大镜在内。"

"噢，我已经跟不上你的思路了。我完全糊涂了，"安娜打断了他，"我想，最好还是再多睡一会儿。"

"我想，我们最好拿着太阳能量桶再去一次。"FA说。

　　第二天早上，安娜醒来的时候，已经完全康复了，他们的假期终于可以真正开始了。不过，之前的一天一夜发生的一切——安娜亲眼目睹的奇迹，她在小矮人们的"指导下"想象出来的奇迹，以及她知道在她睡着期间发生的奇迹——这一切的魔力，都让接下来的一周那不可思议的刺激经历相形见绌。

　　对小矮人们，当然还有对安娜的妈妈而言，这都不算什么。因为这些奇迹他们一点都不觉得新鲜。新鲜的是，大海中温暖的海水、海滩上斜斜的棕榈树、坡度极大的街道与旧城的异域风光、环绕圣胡安海湾的半岛最高处壮丽的堡垒、雨林以及小矮人们举行的盛大游乐活动——这是他们发现巨大的棕榈树叶是这个世界上最好的水上滑梯之后筹办的。

　　一周后，他们回到了安娜在纽约附近的住处，假期里的照片已经洗出来了，小矮人们连续好几天都非常开心，他们把照片撒在床上，在照片周围跳来蹦去。

　　"这张我这这儿！"

“还有这张我在这儿！”

“记得我们在这棵棕榈树尖上玩得多开心吗？”

“还有这片海滩？！”尖叫声此起彼伏，然后是哈哈大笑。

“记得这些在城堡那儿拍的一模一样的照片吗？安娜的妈妈让她不要在同一个地方没完没了地拍，两个人吵起来的时候，太好玩了。”

　　"嗯，实际上这个主意不赖：现在我们每个人都能分到一张。"

　　对安娜而言，这些照片是岛上游玩的纪念，的确，她玩得很开心，看到了新奇的自然美景，但更重要的是：在那儿，她发现了我们体内隐藏着不可思议的能力，以及爱的力量是多么的无穷无尽。并不是说，她以前没有听说或读到这类事情。但她第一次依靠自己的力量亲眼目睹了，她还全身心地感受到了，现在她知道，这世上不止有美丽的词语，且这些词语都真实存在。简而言之：安娜在波多黎各岛以一种她前所不知的方式，发现了自己。

10
Chapter Ten

黄水仙花

　　人类无法看见小矮人们携带的东西，这一点真是太好了！更准确地说，这是对那些和自己的小矮人毫无关系的人而言的。不然的话，安娜居住的镇子里的人们便会非常疑惑不解了。因为，每天晚上，一到安娜从纽约城里回来的时间，人们将会看到一个奇怪的队伍，他们总是极其庄严地前往火车站。安娜的妈妈一马当先，在她身后，离地面三英尺高处，七朵黄水仙花一朵接一朵地漂浮着跟进，而与花茎底部平行处，每次都漂浮着不一样的东西——卷着的红围巾、镶在木框里的安娜的照片、玩具小号和玩具鼓，以及各种各样其他的东西。要是路人不仅能看见这些景象，还能听见伴着队伍行进的声音，他们一定会吃惊得

目瞪口呆。因为根据引力规律，这些东西和花在空中哪怕漂浮一分钟都是不行的，但它们不但漂在空中，还按照一整套轻快的流行歌曲的节奏上下跳跃、起伏不已，一个看不见的合唱团以十分不协调的声音，高声唱着这些歌曲。

经历了过去十天发生在身上的一切，再回到平淡的日常生活，尽日常义务，对安娜来说一点儿都不容易。此外，让一切都完全恢复到原来的样子也不可能。不过，有

些事情不得不以原来的方式继续下去。要不了多久，妈妈就要离开她回欧洲，而就在这所剩无几的时间里，不管安娜有多难过，她每天也不得不去纽约城里的大学上课，把妈妈留在家里。

因此，当妈妈和她的小矮人们想出这样的欢迎仪式后，的确让安娜很振奋。每晚都有不同的惊喜。

一次，他们扮作在迎接一位有着王室血统的贵宾：安娜的围巾充当了红地毯，小矮人们极其庄严地在她面前铺开它，然后他们假装托着她华服丽装的裙摆，并称她为公主殿下。

还有一次，他们把她当作国家元首迎接——带着她的肖像，在军乐队的奏乐声中，向她致敬，行进途中绷着脸、异常严肃。不过，因为他们行进的动作看起来像某种介于芭蕾和武术之间的东西，安娜那些极其不相称地充当着"随访团"角色的小矮人们笑破了肚皮，RE，或者说的更准确一点——这一仪式里的"外交部长"，以一种貌似保密，实则每个人都能听见的腔调评论道：

"我的天哪，总统阁下，我们没有来错国家吧？这些军人的举止多么奇怪啊！"

第三次，则是一位享誉世界的电影明星，显然只是为了不引人注目地旅行，她乔装成了安娜的样子，步出了火车。但一如既往，对媒体来说，没有任何秘密可言，因此一群微缩版的记者拥了上去，向她要求采访、索要签名并拍摄照片。妈妈那个个人主义的小矮人，以他最严肃的态度，递给安娜一块一平方英寸大的方形橡皮泥，并虔敬地请她，为了全世界"最大的"名人堂里的一个讨厌鬼，赏脸在上面留下拇指指纹。

只有一次，妈妈令安娜吃惊地独自一人在站台上等她。

"小矮人们呢？"曾经的女王、总统以及大明星，现在显然只是作为普通的凡人一个问道，她面带清楚可见的失望，四处张望，"还是说，这就是今天的惊喜？！"

妈妈只是摇了摇头，拉长着脸，那意思好像是说："噢，永远都不要低估那些小矮人！"她指着铁轨那边的混凝土墙，许久以来，墙上都写着大大的黑色涂鸦文字，警告乘客："当心点！美国梦已经催眠了你！"

"今天我们给了准备了一场特别的表演，类似活人造型秀，"安娜的妈妈庄严宣告，带着一种似乎不愿意对这次尝试的严肃性予以丝毫怀疑的表情，她接着说："这是小矮人单片眼镜，因为如你所知，艺术在细节里。"

安娜的眼力很好，借助眼镜之前，就能看见一个小矮人喜悦而慵懒地躺在"已经"的"已"字的弯钩里，手枕在脖子后，腿向上伸着，仿佛躺在一张吊床里。涂鸦文字有些地方的油漆显然非常稠厚，小矮人们可以毫无问题地待在文字里面或上面。那种艺术的确在于细节。透过眼镜，安娜可以独自欣赏那些"特写镜头"：

一个小矮人表情非常严肃地站在第一个感叹号的顶端，食指在空中挥舞——显然，是为了加强那段话的警告效果。

还有一个小矮人站在另一个感叹号的顶端，双手箕张，竭力呼喊着：

"醒醒！醒醒！"——一会儿冲着站台上的乘客，一会儿冲着"吊床"里的表演者，后者显然代表了已经被催眠的那部分美国公民——妈妈那个个人主义的小矮人显然也被指派了角色，因为安娜能够在特写镜头里看见他。

另外两个小矮人真的承担了叫醒"沉睡的公民"的任务，他们从相邻的两个字母上，伸出了两朵黄水仙花，试图去搔那个个人主义小矮人的鼻子。

他们旁边，在第一个"横"上，还有一个小矮人，正极力装作看不见他们，因为哪怕他爆发出最轻微的笑声，他至关重要的角色就会被毁得一干二净，而他的两腮随时都有憋不住笑的危险。他裹着一块布，就像穿着一件古罗马长袍，仿佛冻僵似的站在那里。他一只手箕张着举过头顶，另一只手笔直向上伸着，紧攥的拳头里伸出一朵黄水仙花。

这个微型的自由女神像平行的另一"横"上，情境与涂鸦文字和其他所有"演员"完全不协调。一个小矮人以芭蕾舞姿站立，一条腿向后伸着、两只手在头顶环成圈，显而易见，他一点儿不在乎自己正实实在在地破坏着整体效果。他的同伴们也很快发现，对于他们这些非专业人士来说，一出伟大的表演实在太苛求了。因此，确保安娜留有足够的时间欣赏他们的艺术之后，他们开始仅仅欢快地向她挥动手里的黄水仙花。

是的，黄水仙花是花样繁多的欢迎仪式的保留部分。既因为今年的春天来得早了一些，也因为它们是安娜最喜欢的花。

　　实际上，安娜妈妈前往火车站的路上，她身后鱼贯而行的黄水仙花队列里，经常不止七朵。因为一如安娜想尽可能多和妈妈在一起，不管安娜是在火车上还是大学里，她的几个小矮人都会冲回家和妈妈的小矮人待在一起。只有TI一直和安娜在一起——毕竟，大学里的笔记要记下来。

　　每天傍晚，当火车快要进站时，TI就会急不可耐地从某个衣兜里探出头来，一旦欢迎仪式上隆重地把黄水仙花递给安娜，他就立马跃上花朵的顶端。安娜发现，这种时候，他的举止总是异乎寻常地活跃，不过她把这个归因于热烈的欢迎仪式以及他大体上可以称之为古怪的性格。有一次，她觉得TI向一朵花弯下腰去，似乎在和谁说话，但因为那著名的笔记本一如往常地在他手中，她认定，他不过是在大声读着什么东西。

　　每次在她那儿，他们都会往她书桌上的花瓶里放一束鲜花，然后在第二天，把它和前一天的黄水仙花一起移到地板上一个更大的花瓶里。安娜发现，TI在地板上继续和这些花黏在一起——他栖息在其中一个花瓶的瓶口处，而不是像往常那样，缩回到某个角落——但她心想，不管怎么说，记录工作可是一项异乎寻常的工作，需要得到缪斯女神的特别眷顾，因为她近来都不愿意写东西，那么同理可推，也许他的灵感也已枯竭了。

然而，一天晚上，当安娜坐在书桌前看书时，她用余光瞟见，TI又一次舒舒服服地把自己安置在花瓶瓶口，与新鲜的黄水仙花待在一起。他不仅说着话，还兴奋地比画着。安娜看了看身旁的床，不久前她曾目睹所有其他的小矮人都在打瞌睡——他们还在那儿。至于妈妈的那些小矮人，已经和妈妈在另一个房间里，睡了很久了。花瓶摆在桌子右手边一角，没在台灯的光照之下，尽管如此，安娜还是看得分明，TI的手里也没拿着那个笔记本——因而他也不是在朗读上面的内容。

小矮人的奇怪举止搞得安娜很迷惑，她举起台灯，将更多光线投向那个花瓶，但又不至于晃着TI的眼睛，看来，他应该是在和谁说话。而且，这个人也挨着TI坐在瓶口——安娜几乎敢打赌，她能看见某个小人儿一样的东西。但因为黄水仙花紧紧地捆成一束，她没法完全确定她看见的究竟是什么东西，或者她是否真的看见了TI旁边还

有人。

安娜放下手里的书，把花瓶向自己这边拉过来。TI的手停滞在空中，显然一句话刚说到一半，他疑惑地看着安娜。一个千真万确的事实是，还有一个生命从瓶口那儿望着安娜。

它长得和小矮人很像，但又不尽然：它比TI矮，瘦弱非常，也因此而显得异常苍白，近乎于透明。安娜觉得，她都能透过这个生命看见那些花。它的穿着很奇怪：类似于休闲裤和兜帽长袖圆领运动衫的东西，都是用黄水仙花的花瓣做成的。它头上顶着一团金色、卷曲、明显没有梳理过的头发。

"你是谁？"安娜一副全然失措的样子，大声问道，就像一个人看见一只小猫或小狗突然出现在一个意想不到的地方。

那个小生命从花瓶口跳下来，更准确地说，是飞了下来，若即若离地飘在桌面上，羞涩地鞠躬道：

"嗯，我是……我是我。"

TI也马上跳了下来，打起圆场：

"他是……呃，我该怎么向你说呢？……他是……一个无家可归的小矮人。无家可归的小矮人中的一个。"

　　那个生命耸耸他的小肩膀，冲安娜微微一笑，完全像一个害羞的孩子，他显得如此脆弱和美丽，安娜马上就想拥抱他。

　　"我以前不知道，还有无家可归的小矮人这样的事情，"她说，"他……哦不——他对我来说，更像个童话故事里的小精灵。"

　　"事实上，"TI继续说，"那些小精灵都是无家可归的小矮人。他们也因此帮助他人。你从童话故事里知道，小精灵帮助人类，不是吗？"

　　"是的，我知道。但我不知道，那些小精灵是无家可归的小矮人。他们究竟怎么变得无家可归的？"

　　"我们乘出租车前往帝国大厦的途中，DO告诉你，在一种情况下，人类会失去他的小矮人，你还记得吗？"

　　"是的，我记得非常清楚。他说：'比喻性地说，当一个人迷失自我的时候。'我还是不明白，他那样说到底是什么意思。一个人怎么能以一种比喻的方式，迷失自己？"

　　"嗯，的确很难，但也不是不可能。可不幸的是，有些人千方百计想达到这种效果呢，"TI悲伤地说，"如果一个人不再相信生命中最本质的东西——信仰、希望和爱——如果一个人除了钱，不再看重任何东西，除了变成挣钱机器以外，什么都不是，这个人就迷失了自己。说得更准确一点：一个人失去他的人性。最本质的东西无法用钱来衡量和买卖这是必然的。如果一个人以这种方式失去自我，他就会失去他的小矮人。"

"明白了。那爱的磁铁会发生什么事呢？"安娜问。

"它自然会停止工作了。因为当一个人以这种方式迷失自己时，他自然也就不会再爱自己。从表面上看，这听起来可能不合逻辑，但实情是，只有那些不爱自己的人才有能力干出一些邪恶的事。因为如果你爱自己，你只会对别人做一些希望他们同样对你做的事情。每一个敏感的人迟早都会明白，他做的一切——无论好坏——都会回报到他身上，就像一个回旋镖。因此，理所当然，那些迷失自己的人身上发生的第一件事就是，爱的磁铁停止工作，接着失去他们的小矮人。在此之后，这些人只能在极短的一段时间内保持强大。因为失去人性的同时，他们也失去了内在的神性，变成徒有一副人类皮囊的空壳子。你知道，有时候童话故事里的恶棍是如何被描绘成没有影子的。失

去小矮人的人和这有些类似。"

"太悲惨了，"安娜说，"对于他们可怜的小矮人来说，就是变得无家可归。你也是因此这么消瘦，近乎透明的吧，"她转向他们小小的客人，TI说话期间，他已经飞了上去，再次待在了瓶口那儿，现在正用他的大眼睛看着安娜，满脸笑容。"你必须来和我们住在一起。"

"谢谢。非常感谢。"他回答说，又羞涩地耸了耸肩。"不过，TI都没有告诉你。我们无家可归是因为我们没有人类的家，但另一方面，我们住在花蕾里。比如我，最喜欢的花就是黄水仙。"

"它也是我最喜欢的花，"安娜说，"因此从现在起，当我给花园里的黄水仙浇水时，我就会找你。或者我也可以叫你。不，实际上不行。如果你自我介绍为'我是我'，"她尽力模仿他，"那意味着你没有名字。"

"没有。"

"但你肯定从TI那儿了解到，我们在想名字方面多么在行吧?"

"啊哈。"无家可归的小矮人点点头，继续微笑，并且又害羞地耸了耸他的小肩膀。

　　"那么，如果我们给你起个名字，你不会介意吧？O怎么样？Oliver的O，奥利弗·特维斯特（《雾都孤儿》）。毕竟，你是我遇到的第一个无家可归的小矮人。"

　　"O？"小客人深思了一会儿，再次面露喜色，从他的花座上跳下来，落在TI的旁边，开始跳上跳下，或者说绕着他飞上飞下。"你喜欢这个名字吗？"

　　TI仰仰头，并用拇指和食指比画出了一个"O"：

　　"完美！"

　　"等等！等等！"安娜打断了他们的兴奋劲头。"刚才说你是我遇到的第一个无家可归的小矮人，这让我还想起了别的事。麻烦你俩给我解释一下：我怎么能看见一个既不是我的、也不是我爱的人的小矮人呢？据我目前所知，我应该通过绿色单片眼镜才能看见其他小矮人。"

　　"道理非常简单，"TI回答道。"每个能看见自己小矮人的人，都能看见无家可归的小矮人。"

　　"啊哈。你这样的小矮人多吗？"安娜问O。"我希望不是。那样的话太不幸了。不管对你们，还是对那些人……"她有些说不下去了，"我只是难以相信真的有这种人。必须做点什么，以免有更多的人……迷失自己。"

"我们这样的并不多，"O说，他的微笑第一次完全消失了，"但也不算太少。我认识几个无家可归的小矮人。他们每一个也认识一些。正如你说的，必须做点什么，你说得太对了。那也正是我们一直在和TI讨论的。"

"你得把你认识的其他无家可归的小矮人都带来。"

"好吧。"

"事实上，"安娜有所犹豫，"要是我说起你们的时候，称你们为'小精灵'，你介意吗？'无家可归的小矮人'在我听来太悲惨了。"

"我当然不介意了。"O马上同意了。

"太好了，"安娜冲他一笑，"现在，我亲爱的O，我想告诉你，我有多高兴……"她疑惑地停住了。"我刚刚是想说，我很高兴能认识你，但我觉得这太蠢了。我确定，这不是和小精灵说法的方式。我更愿意告诉你，对于你来到我们中间，我有多么高兴。我要你明白，在这儿你永远都受欢迎。"

"谢谢你，安娜。"小精灵回答。

"你和TI继续你们的谈话吧，我要上床睡觉了。我本想为了明天的事，至少把这本书读完两章。"她指着自己搁到一边的那本书，"但已经太晚了。另外，我觉得，就算我读完这整本书，学到的也没有今天晚上的东西多。台灯给你们留着。晚安！"

"晚安！"

"晚安！"TI和O先后回礼道。

安娜钻上她的床，就像往常一样，转过去朝着墙入睡之前，她看了看那个花瓶：TI又坐在了瓶口上，再次说起来并兴奋地比画着，在他旁边……是的，她现在可以万无一失地打赌了，在他旁边是一个瘦小的身体，仿佛就是由空气织成的，穿着一件用花做成的衣服，在黄水仙花的顶部之中，一个顶着一头金发的脑袋频繁地点着。

"如果小精灵真是无家可归的小矮人，"安娜想，"谁知道那些童话故事里的其他人物原本是什么呢？"

11
Chapter Eleven

飞翔的花束:"欢迎!"与"再见!"

　　小精灵O的出现，或者说得更准确一些——无家可归的小矮人的出现，正是时候。安娜的妈妈很快就要回欧洲了，他们已经决定举行一个小型的告别聚会，以作为纪念。有了小精灵O，如果他还能把先前所说的其他无家可归的小矮人"同伴"都叫来，这个聚会就能变成一场真正的盛宴了。O告诉TI和安娜，他的朋友们非常高兴地接受了邀请，已经在开始准备了。

　　他们买了各种各样的"小矮人"美食，更确切地说——所有FA在超市里面指明要买的东西，他告诉安娜和她妈妈，那些东西会受到欢迎。特别提请注意的是那些大小合适的水果：黑莓、蓝莓、覆盆子。他们甚至在一家特种商店里找到了一些野草莓。当然，他们也没有忘记准备数量可观的巧克力棒和黑巧克力，并把它们磨碎：SO、妈妈的小矮人们和安娜的妈妈都特别喜欢吃巧克力，而安娜和其他的小矮人则不怎么爱吃甜食。最后，他们甚至买了一套洋娃娃餐具，这样就不要拿螺帽充当小矮人们的碟子和杯子了。

阳光很明媚，但对于一场花园聚会来说，天气还是太冷了，因此他们决定改在安娜的房间里举行野餐会。到了那天，他们在地板上铺上一块地毯，食物都摆得很美观，两瓶黄水仙花放在一起，专为小精灵O而准备。然后他们把其他所有的瓶子收集到一起，摆在地毯周围的地板上、桌子上、架子上，里面插上各种各样的花——因为他们并不知道，其他小精灵喜欢什么花。最后，整个房间就像一座花园。一切布置妥当后，安娜和妈妈穿着打扮好，与仪态端庄地坐在地毯上的小矮人们等待着客人。

"他们来了！"TI很快就大声喊道，他指着打开的那扇窗户。

他们看见一团小小的仿若色彩绚烂的云彩的东西，正向房子这边飘来。那朵小小"云彩"离得越近，越像一束飞翔的花朵。它看来如此美丽、如此不真实，马上就把安娜和她妈妈震住了。接着，"花束"从窗户飞了进来，"降落"在安娜面前，大家也明白了为什么它看起来像一束花。无家可归的小矮人们都像O一样——苍白、消瘦，如同空气的一部分，他们也和他一样，穿着奇怪的休闲裤和用花做的兜帽长袖圆领运动衫，各种各样的花：红色和黄色的郁金香、蓝色的鸢尾花，还有粉的、白的，以及各种各样的灌木花；此外，每个客人的头上都戴着一朵花。

"我们来了！"O说，并如安娜所预料的，马上羞涩地耸了耸肩并微微一笑。"这是给你的，"O转向安娜妈妈，给了她一朵黄水仙花，其他无家可归的小矮人们随即都开始把他们的花递给她。

"这既是我们的'欢迎！'礼物，又是我们旅途愉快的祝愿！"O解释道。

"非常感谢！太漂亮了！你们真好！"接过花的时候，安娜的妈妈惊喜声连连，与此同时，她还爱抚着花朵和"花朵般的"小矮人们。

看来，安娜的一些小矮人们已经认识其中一些无家可归的小矮人，他们很快就感到和在家里完全一样了。他们

欢宴了很长时间，他们喝着果汁，祝愿安娜妈妈健康长寿和"一路平安！"。他们也为了飞机上和云彩上的很多有趣历险而干杯，他们还拟定了何时再聚的计划。

安娜妈妈知道无家可归的小矮人们的存在，但直到这时才见到。她不断地一个接一个地爱抚着他们，为他们如此瘦弱而担忧，不停地催促他们多吃点巧克力和水果。

"多么迷人啊！"她情不自禁地喃喃不已，安娜则为她终于能够比妈妈先看到一些东西而满心骄傲。

"等我回到家，我会告诉你的姨妈们，这些无家可归的小矮人们的事儿。你可以想象，她们得高兴成什么样！"

"这么说这些事姨妈们都知道？"安娜吃了一惊。

"当然，"妈妈说，"事实上，很多人都知道小矮人们的事，只不过因为担心被当成疯子，他们从来都不说起这些。"

第二天，安娜和妈妈在机场热烈地拥抱和亲吻了很长时间，互相叮嘱了很多事情，到了分别的时候，安娜在妈妈的耳边低语道：

"我把我的两个小矮人放在你的包里了。以便在旅途

I love you.

中照顾你！"

她当然不知道，妈妈的三个小矮人已经藏在了她外套的兜里，就挨着她拿来准备在从机场回去的火车上读的那本书。妈妈在那本书里放了一张纸条，安娜打开书的时候就能看见。

纸条上写着："我爱你！"

the end　　　　　　　**尾　声**

　　这个故事没有结尾。和这个世界上的所有事情一样，实际上都是无穷无尽的，只是看来有个结尾。我们身边，我们心里，都有很多不是一眼就能看见的东西，我们对它们一无所知，直到我们睁开双眼，才能看见。因为，我们不远万里去寻求的东西，常常就在我们的触手可及的地方。

Ann's Dwarves

（京权）图字：01–2009–3686

图书在版编目（CIP）数据

安娜的精灵/（保）斯蒂芬诺娃（Stefanova, K.）著；
陈静译. -- 北京：作家出版社，2012.9
　　ISBN 978-7-5063-6503-1

　　Ⅰ . ①安… Ⅱ . ①斯… ②陈… Ⅲ . ①童话– 保加利
亚– 现代 Ⅳ . ① I544.88

中国版本图书馆CIP数据核字（2012）第159484号

ANN'S DWARVES:a fairy tale for children of 9 to 99 by KALINA
STEFANOVA

Copyrights: © 2004,2006 KALINA STEFANOVA,RAINA YOTOVA
This edition arranged with ELST LITERARY AGENCY
through Big Apple Tuttle–Mori Agency,Inc.,Labuan,Malaysia.
Simplified Chinese edition copyright:
 2012　THE WRITERS PUBLISHING HOUSE
All rights reserved.

安娜的精灵

作　者：[保]卡莉娜·斯蒂芬诺娃
译　者：陈　静
插　图：小　骞
责任编辑：袁艺方　李宏伟
装帧设计：孙惟静
出版发行：作家出版社
社　址：北京农展馆南里10号　　　　邮　编：100125
电话传真：86-10-65930756（出版发行部）
　　　　　86-10-65004079（总编室）
　　　　　86-10-65015116（邮购部）
E–mail:zuojia@zuojia.net.cn
http://www.haozuojia.com（作家在线）
印刷：北京嘉恒彩色印刷有限公司
成品尺寸：135×190
字数：100千
印张：6
版次：2012年9月第1版
印次：2012年9月第1次印刷
ISBN 978-7-5063-6503-1
定价：25.00元

Ann's Dwarves